Pendo

Johano Strasser

Bossa Nova

Ein Provinzroman

Pendo München und Zürich

1. Auflage 2008

Gesetzt aus der Palatino
Satz: BuchHaus Robert Gigler, München
Umschlaggestaltung: Hauptmann & Kompanie
Werbeagentur, München–Zürich
Druck und Bindung: Clausen & Bosse, Leck
Printed in Germany
ISBN 978-3-86612-172-0

INHALT

Ich habe meinen Kritiker enttäuscht. Das Leben, sagt er, Sie erzählen vom Leben. Einen abgeschmackteren Gegenstand hätten Sie kaum wählen können.

PROLOG

»Aus Vresen kommen Sie?«

Ich sehe es meinem Gegenüber an, wie es in seinem Kopf zu arbeiten beginnt. Vresen? Vresen? Da gab es doch was. In den sechziger oder Anfang der siebziger Jahre muß das gewesen sein.

»Sagten Sie Vresen? Gab es da nicht diesen Menschen, der die Sprengpakete verschickte? Wie hieß der doch gleich?«

»Wilkening«, sage ich.

Er lacht, schlägt sich mit der flachen Hand vor die Stirn: »Wilkening, natürlich. Der Paketmörder von Vresen. Und da kommen Sie her?«

Es ist immer dasselbe. Wenn ich, selten genug, auf einer Dienstreise nach Hamburg oder Hannover an der Hotelbar mit jemandem ins Gespräch komme und den Namen meiner Heimatstadt nenne, denken alle immer nur an diese Mordserie Ende der sechziger Jahre. DER PAKETMÖRDER VON VRESEN, so lautete die Schlagzeile in der *Bild*-Zeitung, als sie ihn endlich gefaßt hatten. Dazu ein großes Foto, das den Gastwirt und Metzgermeister Wilkening darstellen sollte, auf dem aber vor lauter Druckerschwärze kaum etwas zu erkennen war. Dabei kam dieser Wilkening strenggenommen gar nicht aus Vresen, sondern aus einem Dorf sieben Kilometer entfernt. Nur seine Sprengpakete, mit denen er drei Menschen getötet und zwei weitere zu Krüppeln gemacht hatte, die hatte er auf dem Postamt in Vresen aufgegeben.

Wer sucht sich schon seine Heimat aus? Meistens ist es reiner Zufall, daß man hier oder dort aufwächst und hängenbleibt. Ich zum Beispiel hätte genausogut in Berlin oder München oder Rio de Janeiro oder wer weiß wo landen können. Auf einer Hallig im Wattenmeer zum Beispiel. Statt dessen lebe ich nun schon fünfzig Jahre hier in Vresen. Es hat sich so ergeben, ich beklage mich nicht. Es kümmert mich auch nicht, was die Leute von Vresen halten. Ich bin kein Lokalpatriot, der immer so tun muß, als sei seine Heimatstadt etwas ganz Besonderes. Vresen ist nichts Besonderes, was hier passiert, könnte überall passieren, passiert so oder ähnlich wahrscheinlich Tag für Tag in Tausenden von Provinznestern auf der Welt, wenn man von der Sache mit Wilkening einmal absieht.

Und doch kommt es mir in letzter Zeit manchmal merkwürdig vor, wie wir hier unsere Tage verbringen, worüber wir reden, worüber wir schweigen, wie sich uns alles, was passiert, sofort in eine Geschichte verwandelt, die wahr ist und falsch zugleich, in der wir uns sogar dann noch wiedererkennen, wenn das Wichtigste unausgesprochen bleibt. Manchmal habe ich das Gefühl, daß dieses ganze Gerede, dieses Geschichtenerzählen nur dazu dient, die Lücken zu verdecken, die Lücken und die Risse, die den Zusammenhalt unserer kleinen Welt bedrohen. Wir verpacken alles, was uns zustößt oder was uns von anderen zugetragen wird, in eine Geschichte, und die wird dann wieder und wieder erzählt, bis sie ein Stück unbezweifelbarer Realität geworden ist. Nur wie sich aus all den Geschichten am Ende ein Ganzes ergibt, eine Welt, das ist die Frage …

Eigentlich könnte es mir egal sein, wenn alles auseinanderfällt. Ich bin nur eine Randfigur, für nichts verantwortlich, schon lange nicht für den Zusammenhalt des sogenannten Ganzen. Für die anderen draußen in der Welt zählen wir sowieso alle nicht, die wir Abend für Abend bei Karl zusammensitzen und vergeblich versuchen, einen Sinn in dem zu finden, was mit uns und um uns herum passiert. Unser Leben ist eine Aneinanderreihung von Episoden, ziemlich unbedeutenden Episoden verglichen mit dem, was in den Metropolen geschieht. Unser Leben hat nichts Romanhaftes, nichts Dramatisches. Wir hier müssen sehen, wie wir ohne Regieanweisungen durchs Leben kommen, jeder auf seine Weise. Das ist eigentlich schon alles: durchs Leben kommen.

Natürlich, auch wir haben uns früher mehr erhofft. Wer gibt sich schon damit zufrieden, bloß durchs Leben zu kommen? In letzter Zeit liege ich nachts oft wach und horche in die Dunkelheit hinaus, höre Schritte, einzelne Stimmen, eine Autotür schlägt zu, ein Motor heult auf. Meistens höre ich nichts, nichts außer Elkes Atem und dem Wind, der durch die Vorgartenbüsche fährt, nichts außer dem Geräusch der Leere. Manchmal spiele ich dann mit dem Gedanken, daß da noch etwas kommen muß, etwas Bedeutendes, etwas, das uns mit einem Schlag offenbart, wozu es uns gibt. Vielleicht, denke ich, haben wir hier, ohne es zu wissen, eine Aufgabe zu erfüllen, eine Aufgabe, die von Belang ist, nicht nur für uns, sondern für eine höhere Instanz.

Wer weiß, vielleicht gibt es irgendwo tatsächlich einen Plan, in dem auch Vresen eingezeichnet ist, als eine Art Grenzort, nicht an der äußeren, sondern an der inneren Grenze, dort, wo mitten im Land sich eine Leere auftut, eine Leere, die, wenn wir nicht achtgeben, sich ausbreitet, bis sie alles erfaßt, eines Tages vielleicht sogar die leuchtenden Metropolen. Vielleicht ist es einfach unsere Aufgabe, hier die Stellung zu halten, die Stellung zu halten gegen einen Gegner, den wir nicht kennen oder den wir zwar kennen, aber nicht beim Namen zu nennen wagen, weil wir wissen, daß wir ihm, wenn es einmal soweit ist, nicht gewachsen sein werden…

TAPETENWECHSEL

Alfred hat seinen Hund abgeschafft. Von heute auf morgen. Dabei war der sein ein und alles. Sah jedenfalls so aus. Aber jetzt sagte er auf einmal: »Ein Hund ist ganz nett, und natürlich hab ich an Wollo gehangen. Aber weißt du, wie teuer so ein Hund ist? Siebzig Euro gebe ich aus jeden Monat, allein für Futter. Und dann die vielen Tierarztrechnungen. Und was, wenn er mal ernsthaft krank wird? Außerdem kann man so ein Tier nie mal ein paar Tage allein lassen. Katzen ja, die sind nicht so auf den Menschen fixiert. Die sind selbständiger, schlagen sich immer irgendwie durch. Aber Hunde ...«

Ich war platt. Alfred, den man so gut wie nie ohne seinen Hund sah. Im Kiosk lag Wollo den ganzen Tag zu seinen Füßen, und wenn er seine Bude um sechs Uhr abends abschloß, sah man die beiden einträchtig nebeneinander nach Hause gehen. Selbst in Karls Kneipe lag der Hund immer unter seinem Stuhl, wenn Alfred an dem kleinen Tisch gleich neben der Tür saß und sein Bier trank.

»Du schaffst dir also jetzt eine Katze an«, sagte ich.

Er schaute mich an, als müßte er erst mal überlegen, was das genau hieß, was ich da soeben gesagt hatte.

»Das hab ich nicht gesagt«, antwortete er nach einer Weile. »Vielleicht laß ich es auch ganz mit den Tieren.«

Das muß vor zwei Jahren gewesen sein. Jedenfalls hatte Karl damals noch nicht die neuen Bänke mit den braunen Lederbezügen. Und als wir uns ein paar Tage später bei ihm im Bossa Nova trafen, um Bernds fünfundzwanzigstes Dienstjubiläum zu feiern, ausnahmsweise mit unseren Frauen, war Alfred nicht da, ließ sich den ganzen Abend nicht blicken. Manne erzählte, er habe ihn vor zwei Tagen im Bus getroffen. War auf dem Weg zurück vom Tierheim, wo er gerade Wollo abgegeben hatte.

»Und warum gibst du den Wollo jetzt auf einmal in ein Tierheim?« hatte Manne gefragt.

»Weil ich auch mal eine Reise machen will«, hatte Alfred geantwortet.

»Reisen? Du? Wo willst du denn hin?«

»Italien, Frankreich. Zum Nordkap vielleicht ...«

Nordkap! Das muß man sich mal vorstellen, wo der Alfred Tag für Tag in seinem Kiosk am Amtsgericht saß und sein Leben lang nicht weiter als bis nach Oldenburg gekommen war, wo seine Schwester mit einem Studienrat verheiratet ist. Mitte Sechzig wird er jetzt sein, der Alfred, aber er hat in seinem ganzen Leben noch nie Urlaub gemacht. Und jetzt auf einmal Nordkap!

Dann machte Karl eine Woche lang zu, und als wir uns in der renovierten Kneipe wiedertrafen und die neuen lederbezogenen Sitzbänke bestaunten, war im Grunde alles wie früher. Manne erzählte die alten Geschichten aus der Zeit, als er noch bei Werder in der A-Mannschaft spielte. Hella saß daneben, guckte wie ein Schellfisch und sagte nichts. Karl stand hinter der Theke und zupfte mit der Linken an seinem Ohrring, während er mit der Rechten den Zapfhahn bediente. Und Alfred saß an seinem Tisch neben der Tür vor seinem Bier. Nur daß Wollo nicht unter seinem Stuhl lag.

»Du willst also eine Reise zum Nordkap machen«, sagte ich zu Alfred, als ich von der Toilette kommend an seinem Tisch vorbeikam und er mich so ansah, daß ich einfach was sagen mußte.

»Wer hat dir denn das erzählt? Manne?« Alfred grinste.

»Das war doch nur ein Beispiel. Ich hätte genausogut Kapstadt sagen können oder Feuerland. Kennst du das nicht, daß man manchmal so was im Kopf hat und, du weißt gar nicht, woher das kommt?«

»Aber den Wollo hast du vorsichtshalber schon mal ins Tierheim gebracht«, sagte ich.

»Ja«, sagte er. »Ich mußte mich entscheiden.«

Und dann schlug er sich auf die Schenkel, stand auf, ging zur Theke rüber, zahlte, und war weg. Dabei war es erst kurz nach neun. Schien es auf einmal richtig eilig zu haben.

»Wenn da man nicht eine Olsche dahintersteckt«, sagte Manne.

»Eine Olsche? Alfred und eine Olsche? Da müßten wir doch was gemerkt haben, der Bernd und ich. Wir sehn ihn doch fast jeden Tag an seinem Kiosk«, sagte ich.

»Du?« krähte Manne. »Du merkst doch immer als letzter, was los ist.«

Und als nun auch noch Mannes Freundin Hella, die sonst immer nur stumm dabeisitzt, zu kichern anfing, dachte Bernd wohl, daß er mir zu Hilfe kommen müsse. Er hob sein Glas und zwinkerte mir über den Rand zu. »Doppelleben, verstehst du?« sagte er. »Kann doch sein, oder? Bei einem wie Alfred.«

Alfred hatte damals noch den Kiosk am Amtsgericht. Zeitungen, Zeitschriften, Süßigkeiten, Bockwurst mit Kartoffelsalat, Fanta, Cola und kleine Fläschchen mit Magenbitter. Bier gab's bei ihm nicht und auch keine scharfen Sachen. Er wolle die Penner und die heimlichen Alkoholiker nicht an seinem Kiosk haben, sagte er. Aber dann kamen doch immer mal wieder welche und tranken drei, vier Magenbitter, weil es bei Alfred nichts anderes gab.

Wer wie Bernd und ich am Amtsgericht arbeitete, kam an Alfred gar nicht vorbei. Vor allem, wenn man in der Verwaltung beschäftigt war. Die Richter und Staatsanwälte aßen meistens beim Italiener gegenüber. *Alla Roba Rossa* heißt das Lokal: ›Zur roten Robe‹, obwohl Richter und Staatsanwälte bei uns bekanntlich immer schwarze Roben tragen. Aber Giulio, der Chef, läßt solche Einwände nicht gelten. Das sei ein italienisches Restaurant, sagt er, und in Italien trügen Richter nun mal rote Roben.

»Möcht mal wissen, wann bei dem mal ein italienischer Richter gegessen hat«, sagte Alfred, als Bernd und ich neulich vor seiner Bude standen und an unserer mittäglichen Bockwurst kauten.

»Aber bei dir, was?« sagte Bernd. »Hast du schon mal einem in einer roten Robe eine Bockwurst verkauft?«

»Nee«, sagte Alfred. »Das nicht. Aber wißt ihr, wer neulich hier war und drei Magenbitter hintereinander gekippt hat?«

Wir schauten ihn erwartungsvoll an. Alfred ließ sich Zeit mit der Pointe.

»Der Oberstaatsanwalt.«

»Der Oberstaatsanwalt«, sagte Bernd.

»Magenbitter«, sagte ich.

»Tscha!« Alfred machte eine bedeutsame Pause. »Und wißt ihr, was er mir erzählt hat? In drei Jahren, sagt er, geht er in Pension. Und dann geht er auf Weltreise. Verkauft sein Haus, seine Möbel, seinen Wagen, alles. Ballast abwerfen, sagt er. Nur mit einem Rucksack will er um die Welt ziehen. Was sagt ihr dazu?«

»Nur mit einem Rucksack, aber fünf Kreditkarten in der Brieftasche. So kann ich auch Ballast abwerfen.«

Bernd schaute mich an. In seinen Augen konnte ich sehen, was er sonst noch dachte. Daher weht der Wind, dachte er. Tapetenwechsel. Der eine schafft seinen Hund ab, der andere geht mit dem Rucksack auf Weltreise.

»Und wann verkaufst du deinen Kiosk?« fragte Bernd.

Alfred grinste nur. Grinste und schwieg.

»Wir müssen wieder«, sagte ich mit einem Blick auf die Uhr. Und als Bernd jetzt in der Hosentasche nach dem Kleingeld fischte, legte ich vier Euro auf den Zahlteller, zwei für Bernd und zwei für mich. Das machten wir immer so: einmal zahlte der eine, das nächste Mal der andere. Aber der, der gerade nicht mit Zahlen dran war, kramte trotzdem in der Hosentasche nach den Münzen. Weil es ja nicht so aussehen sollte, als sei es selbstverständlich, daß der andere zahlte.

»Bis morgen«, sagte Alfred, als wir uns zum Gehen wandten. Da sah ich, wie Bernd einen steifen Hals kriegte und die Lauscher aufstellte. Wie ein Reh am Waldesrand stand er einen Augenblick lang da, bevor er sich ganz langsam umdrehte.

»Bist du nicht bei Karl heute abend?«

»Kann nicht«, sagte Alfred. »Muß zum Kurs.«

»Was für 'n Kurs?« fragte ich.

»Spanisch«, antwortete Alfred. »An der Volkshochschule.«

Wir müssen wohl sehr dämlich ausgesehen haben, wie wir so dastanden und den Alfred anglotzten. Denn Alfred konnte sich gar nicht mehr einkriegen vor Lachen.

»Bist du jetzt übergeschnappt, oder was?« sagte Bernd.

Aber Alfred grinste nur. »Wieso übergeschnappt?« sagte er. »Spanisch ist eine Weltsprache.«

Gleich darauf auf dem Flur im ersten Stock vor meinem Zimmer, ich hatte schon die Klinke in der Hand, schaute mich Bernd so merkwürdig schräg von unten an, und plötzlich sagte er: »Weißt du was? Ich bin froh, daß es bis zu meiner Pensionierung noch fünfzehn Jahre hin ist.«

»Wieso das denn?« fragte ich.

»Sonst kämen mir wahrscheinlich«, sagte er, »auch so blöde Gedanken wie dem Alfred und dem Oberstaatsanwalt.«

»Das mit der Weltreise meinst du?« Er nickte.

»Ist doch im Grunde gar keine so blöde Idee«, sagte ich.

»Siehste!« sagte Bernd und machte schon wieder so ein seltsames Gesicht. »Bei dir sind es ja auch nur noch zwölf Jahre.«

STURM

Herr Kiesler leitet den Großmarkt in Bremen. Jeden Morgen steht er um drei Uhr auf und kommt gegen zwei Uhr nachmittags zurück. Er wohnt mit seiner Frau in der Pascalstraße, keine zweihundert Meter von uns entfernt. Kinder haben sie nicht, glaube ich. Frau Kiesler ist groß und hager. Manchmal sieht man sie mit einer großen braunen Kunstledertasche durch die Stadt laufen. Immer in Eile, schaut weder nach links noch nach rechts. Depressiv sei sie, sagen die Leute. Schon zweimal sei sie deswegen in der Klinik gewesen, aber genützt habe es nichts.

Ihn sieht man selten. Abends, wenn die anderen auf ein Bier zu Karl ins *Bossa Nova* gehen, liegt er schon im Bett, weil er morgens so früh raus muß. Wenn ich ihm am Wochenende mal auf der Straße begegne, grüßen wir uns. Er lächelt dann immer verschmitzt, als seien wir die besten Freunde. Das ist so seit dem Sturm. Vorher sind wir jahrelang grußlos und mit gesenktem Kopf aneinander vorbeigegangen.

Das mit dem Sturm ist nun auch schon wieder einige Jahre her. Aber jedes Mal, wenn ich Herrn Kiesler treffe, muß ich daran denken, wie das damals war, als die alte Linde Ecke Pascalstraße / Fregestraße umstürzte, bei Lindemanns den Gartenzaun und das Vogelhaus zerschmetterte und quer über die Straße fiel. Wir hatten vor dem Fernseher gesessen, meine Frau und ich, uns die Bilder von umgestürzten Bäumen und abgedeckten Häusern angesehen und den Berichten zugehört, die aufgeregte Reporter in Gummistiefeln und mit Südwester auf dem Kopf in die Kamera sprachen. Überall in Norddeutschland, hieß es, habe der Sturm Verwüstungen angerichtet. Und plötzlich stand Max in der Tür, Regenjacke, Kapuze über dem Kopf, Motorsäge unter dem Arm.

»Bei Lindemann«, sagte er, »ist ein Baum umgekippt. Kommst du mit?«

Das ist immer merkwürdig, wenn du dir eine Naturkatastrophe oder so was im Fernsehen anguckst, und dann steht da plötzlich einer in der Tür und dir dämmert so langsam, daß das alles gerade bei dir, in deiner Nachbarschaft wirklich passiert. Ich schaute Max an, als wäre er ein Gespenst: »Bei Lindemann?«

»Ja«, sagte er. »Hast du eine Axt?«

Ich bin dann runter in den Keller und hab die Axt gegriffen, und wir sind beide raus in den Sturm.

»Paß auf mit der Axt!« rief meine Frau mir nach.

Als wir bei Lindemann ankamen, waren da schon ein paar Männer mit Sägen, Äxten und Taschenlampen, und es wurden immer mehr. Sogar der Lehrer Fries stand plötzlich im schwankenden Licht der Straßenbeleuchtung, den Kragen des Regenmantels hochgeschlagen, das nasse Haar wirr in der Stirn.

»Was wollen Sie denn damit?« fragte Max auf die winzige Fuchsschwanzsäge zeigend, die Herr Fries in der Hand hielt.

Aber Herr Fries ließ sich nicht beirren.

»Es gibt doch auch kleine Äste, Herr Mahnkopf«, sagte er.

Frau Lindemann erschien in der Tür und rief ihre Kinder ins Haus. Sie rief und winkte ihnen, aber die Kinder wollten nicht, oder vielleicht hörten sie sie auch nicht bei dem Getöse. Jedenfalls verschwand Frau Lindemann nach einer Weile wieder, ohne etwas erreicht zu haben.

»Erst mal die Straße frei machen!« rief einer, und alle begannen jetzt mit Sägen und Äxten Äste abzutrennen und auf die Seite zu schleppen. Max riß an der Leine, ließ die Motorsäge knattern, und machte sich daran, den Stamm des Baumes knapp unterhalb der Krone durchzusägen.

In diesem Moment erschien Herr Kiesler, der eigentlich um diese Zeit schon ins Bett gehörte. Er mußte von seinem Haus aus gesehen haben, was hier vor sich ging, denn er hatte ein Beil dabei und in der linken Außentasche seines Mantels eine Flasche Korn und sechs kleine Metallbecher. Kaum angelangt, schraubte er die Flasche auf, goß den ersten Becher voll und reichte ihn einem der Umstehenden. Von Mann zu Mann ging er, und sorgte dafür, daß den Helfern nicht kalt wurde. Auch Max und ich bekamen unsern Teil, und als die Flasche leer war, sagte Herr Kiesler: »Augenblick! Gibt gleich Nachschub«, und verschwand, um eine zweite Flasche zu holen.

Als kurz vor halb zehn die Feuerwehr kam, war der Baum in handliche Stücke zerlegt, das Holz auf dem Bürgersteig gestapelt, die Trümmer des Zauns und des Vogelhäuschens an der Hauswand gelagert, und alle saßen bei Lindemanns im Wohnzimmer auf Couch, Sesseln und extra herbeigeschafften Stühlen. Frau Lindemann hatte Schnittchen gemacht, die die Kinder herumreichten, Herr Lindemann schenkte Bier aus, und Herr Kiesler spendierte noch eine dritte Flasche Korn.

Ich glaube, bei den Lindemanns ist es nie zuvor und nie danach so fröhlich zugegangen. Jedenfalls schienen sie den Trubel zu genießen. Der Fernseher lief, im Regionalprogramm drehte sich alles um den Sturm: Feuerwehrmänner traten vor die Kamera, um über den Fortgang der Aufräumarbeiten zu berichten, der Innenminister lobte den Einsatz der Hilfskräfte und der vielen freiwilligen Helfer. Einsatzleiter der Polizei und Bürgermeister beteuerten, sie hätten die Lage im Griff. Und immer wieder Bilder von umgestürzten Bäumen, zerquetschten Autos und abgedeckten Häusern. Aber nichts, was da gezeigt wurde, konnte die gute Stimmung trüben.

»Prost!« rief Herr Kiesler

Und während alle das Glas hoben und tranken, legte er auf einmal sein Jackett ab, zog sich die Schuhe aus und begann zu tanzen. Ganz allein in der Mitte des Wohnzimmers drehte er sich, stampfte dann und wann mit dem rechten Fuß auf, machte ein paar schnelle Schritte in eine Richtung, eine Drehung, Wiegeschritt, die Arme zur Seite gestreckt, den Kopf geneigt, als horche er in sich hinein. Wir saßen alle da und waren platt. Das hätten wir von Herrn Kiesler am allerwenigsten erwartet. Aber als er immer weiter tanzte, selbstvergessen seine Figuren auf das Parkett von Frau Lindemanns Wohnzimmer zeichnend, begannen wir den Rhythmus dazu zu klatschen, erst einer, dann immer mehr, schließlich alle.

Plötzlich sah ich, wie die Tochter der Lindemanns ihrem Vater etwas zuflüsterte. Der stutzte, trat ans Fenster, sah hinaus. Draußen mußte etwas sein, das seine Aufmerksamkeit fesselte, denn er blieb am Fenster stehen, schirmte seine Augen mit den Händen ab und starrte gebannt in die Dunkelheit. Als ich, neugierig geworden, hinzutrat, sah ich sie: Frau Kiesler stand auf dem Bürgersteig unter der Laterne, das knochige Gesicht vom Regen blank gewaschen, den Blick starr auf die Haustür gerichtet.

»Das ist Frau Kiesler«, sagte ich.

»Die holt sich den Tod«, sagte Lindemann.

Und dann ging er zu Herrn Kiesler, der immer noch selbstvergessen seine Pirouetten drehte, und faßte ihn an der Schulter: »Ihre Frau steht draußen.«

Herr Kiesler blickte auf, als erwache er aus einer Trance: »Meine Frau?«

»Soll ich sie reinholen?« fragte Herr Lindemann.

»Nein, nein«, sagte Herr Kiesler und lächelte verlegen. »Das würde sie nicht wollen.«

Dann zog er seine Schuhe und sein Jackett an, gab Frau Lindemann die Hand, winkte uns allen einen Abschiedsgruß zu und verschwand. Vom Fenster aus sah ich, wie er draußen seine Frau unterhakte und beide die Straße hinunter durch den Regen davongingen.

Nachdem Herr Kiesler gegangen war, löste sich die Gesellschaft schnell auf. Es war, als hätte sein Abgang einen Bann gebrochen. Niemand hatte Lust, über das zu reden, was sich soeben abgespielt hatte. Vielleicht war es auch eine Frage der Pietät, weil ja alle wußten, wie es um Frau Kiesler stand. Aber als ich mich kurz darauf vor Max' Haus von ihm verabschiedete, sagte er: »Merkwürdig, wie der getanzt hat, dieser Kiesler. Findest du nicht?«

»Na ja«, sagte ich. »Der hatte ein bißchen geladen. Das wirkt bei dem einen so, bei dem anderen anders.«

»Nee, das mein ich nicht«, sagte Max. »Ich mein die Art, wie er getanzt hat. Irgendwie schwul, meinst du nicht?«

»Schwul? Dann müßten ja alle Griechen und alle Türken schwul sein.«

»Hm.« Max schien nicht ganz überzeugt zu sein. »Da hast du auch wieder recht«, sagte er. »Aber irgendwie merkwürdig war das doch.«

Wir sind dann nie wieder auf das Thema zurückgekommen. Gab ja auch keinen Anlaß dazu. Aber seit diesem Tag grüßen wir uns, Herr Kiesler und ich. Und immer wenn ich ihn treffe, lächelt er so verschmitzt, als gebe es ein Geheimnis, das uns verbindet. Vielleicht, denke ich manchmal, gibt es da ja tatsächlich noch etwas zu entdecken. Wie soll ich das wissen? Wir sprechen ja sonst nicht miteinander, nur »Guten Tag« und »Guten Abend«. Sonst nichts.

KREBS

Wenn man sich wie ich jeden Samstag die Bundesliga im Fernsehen anguckt, treibt einem die Balltreterei auf dem TSV-Platz die Tränen in die Augen. Vor einem Jahr oder so bin ich trotzdem mal wieder hingegangen, aus alter Anhänglichkeit sozusagen, aber nach einer halben Stunde hatte ich genug von dem Elend und ging zurück nach Haus, um mich noch ein Stündchen aufs Sofa zu legen. Hatte aber vergessen, daß meine Frau ihre Kaffeerunde da hatte. Ich trat in den Flur, hörte Stimmen, öffnete die Tür zum Wohnzimmer, und da saßen sie, Bernds Barbara, die Rita von nebenan, Mannes Hella und meine Frau und redeten und lachten alle durcheinander. Ich muß wohl ziemlich verdutzt ausgesehen haben, wie ich die alle so plötzlich vor mir sah, denn meine Frau rief: »Mund zu! Hol dir einen Teller und eine Tasse und setz dich dazu.«

Ich setzte mich also dazu, trank meinen Kaffee, aß ein Stück von dem Marmorkuchen und dachte, was soll ich hier? Wenn mal eine gefragt hätte: »Na, wie war's auf dem Sportplatz?«, oder überhaupt mal einen Blick in meine Richtung oder so. Aber die nahmen mich gar nicht zur Kenntnis. Als wäre ich Luft. Und das Tollste war, die Hella, die, wenn wir bei Karl in der Kneipe zusammensitzen, so gut wie keinen Ton rausbringt, führte das große Wort. Bei ihr in der Parfümerie, erzählte sie, sei vor ein paar Tagen die Frau vom Oberstaatsanwalt Ritter aufgekreuzt. Im Sturmschritt mit wehendem Mantel und flackernden Augen direkt auf sie zu, knallt ein Parfümfläschchen auf die Glasplatte und schreit so laut, daß sich alle im Laden umdrehen: »Das ist kein Givenchy!«

War aber Givenchy, sagte Hella. Stand ja auch deutlich genug auf der Flasche drauf. Obwohl sie ganz sicher gewesen sei, habe sie sich etwas aus dem Fläschchen auf den Handrücken getupft und daran gerochen: Givenchy, unverkennbar. Das habe sie der Ritter auch gesagt, ihr sogar zum Beweis etwas auf ihren Handrücken getupft. Die riecht: »Das ist kein Givenchy!« Noch einen Ton schriller als beim ersten Mal. Erst in diesem Moment, sagte Hella, habe sie gesehen, daß das Fläschchen schon mehr als halb leer gewesen sei.

»Das ist Ihnen aber spät aufgefallen, Frau Ritter«, habe sie gesagt, »daß das kein Givenchy ist. Die Flasche ist ja schon fast leer.«

Die Ritter kriegte einen roten Kopf, schnappte nach Luft, aber ehe sie antworten konnte, war die Chefin da, nahm Hella das Fläschchen aus der Hand und schob sie beiseite: »Selbstverständlich tauschen wir Ihnen das um, Frau Ritter.«

»Das müßt ihr euch mal vorstellen, eine fast leere Flasche.« Hella loderte immer noch vor Empörung. Hinterher habe sie, sagte Hella, auch noch einen Rüffel von ihrer Chefin gekriegt. *Kulanz,* habe ihre Chefin gesagt. Das hätte sie inzwischen doch gelernt haben müssen, daß man die Frau eines Oberstaatsanwalts nicht wie ein Dienstmädchen behandelt.

»Na, da weißt du ja, was du zu tun hast«, sagte meine Frau, »wenn ich demnächst mit einer halbleeren Parfümflasche ankomme.« Und Rita: »Kulanz! Ist doch prima! Ich bring euch demnächst mal meine angebrochenen Cremes und Puderdosen vorbei.«

So ging das eine ganze Weile. Und dann fingen sie auch noch an, Geschichten über die Frau Oberstaatsanwalt zu erzählen: wie sie sich mal bei der Stadt beschwert hatte, als zur Eröffnung des Schützenfestes der Musikzug am Sonntagmorgen durch ihre Straße gezogen war – ihr Mann habe nicht arbeiten können –, wie sie bei der Altkleidersammlung der Diakonie für Moçambique einen Wintermantel habe abliefern wollen, der völlig von Motten zerfressen war, und als die Frau von der Diakonie sagte, den könne sie nicht gebrauchen, sich geweigert habe, das gute Stück wieder mitzunehmen.

»So eine Krähe!« rief ich. »Kein Wunder, daß bei so einer Frau der Mann zum Alkoholiker wird.«

Plötzlich waren alle Augen auf mich gerichtet: »Wieso Alkoholiker?«

Ich wußte gar nicht, womit ich die plötzliche Zuwendung verdient hatte, aber da ich nun schon mal im Mittelpunkt des Interesses stand, erzählte ich, was ich von Alfred wußte, daß der Oberstaatsanwalt manchmal mittags an den Kiosk kam und schnell mal drei, vier Magenbitter trank.

Aber das war wohl ein Fehler. Denn nun ging es auf einmal gegen mich los. »Wieso«, sagte Barbara, »sollen eigentlich immer die Frauen schuld sein, wenn die Männer das Saufen anfangen? Kannst du mir das mal sagen?« Und meine Frau mit schnappender Stimme in meine Richtung:

»Na, du mußt dich gerade aufspielen. Du bist doch selbst ein Alkoholiker. Hängst doch jeden Abend beim Karl im *Bossa Nova* rum.«

»Genau«, sagte Barbara. »Du und Bernd. Ohne fünf, sechs Bier am Abend geht da doch nichts.«

»Aber *mit* geht erst recht nichts.« Das war Rita, kriegte sich gar nicht mehr ein vor Lachen. Und mit einem Mal prusteten auch die anderen los.

Was wir Männer von den Frauen wissen, hat mal einer gesagt, ist immer nur die Spitze des Eisbergs. Oder so ähnlich. Jedenfalls kam ich mir auf einmal vor wie ein Schiffbrüchiger von der Titanic auf einem winzigen Floß, und um mich herum nur schwarze, undurchdringliche Nacht. Möchte nicht wissen, wie die über uns Männer herziehen, wenn die ganz unter sich sind.

»Ich geh dann wohl lieber«, sagte ich und stand auf.

»Wo willst du denn hin?« fragte meine Frau, immer noch glucksend.

»Na, zum Karl natürlich. Wo die andern Alkoholiker auch alle sind.«

Meine Frau und ich sind nun schon über dreißig Jahre verheiratet. Als die Kinder noch zu Haus waren, war das was anderes. Aber Thomas, der Ältere, lebt seit vielen Jahren in London, arbeitet bei einer Bank, und Marina hat vor drei Jahren nach Hamburg geheiratet. Vom Familienleben bleibt da nicht mehr viel übrig. Das ist nun mal so. Allerdings essen wir abends immer zusammen, Elke und ich. Und da besprechen wir denn auch alles, was es zu besprechen gibt. Morgens, wenn ich ins Büro gehe, schläft sie noch. Liegt jedenfalls noch im Bett. Sie war nie eine Frühaufsteherin. Braucht morgens lange, bis ihr Kreislauf in Gang kommt.

Manchmal denk ich, daß das ganz gut ist, daß wir uns morgens nicht über den Weg laufen. Denn meine Frau neigt zu Morgendepressionen. Hängt wahrscheinlich mit dem Kreislauf zusammen. Im Laufe des Tages legt sich das dann, und abends ist sie meistens gut aufgelegt. Aber als wir ein, zwei Wochen nach dem Kaffeekränzchen beim Abendessen saßen, sah ich gleich, daß etwas mit ihr nicht stimmte. Kaum hatte ich mich an den Tisch gesetzt, erzählte sie mir, daß die Ritter im Krankenhaus liege. Krebs. Brustamputation.

»Beide«, sagte sie.

»Was beide?« fragte ich.

»Sie haben ihr beide Brüste abgenommen.«

Ich hörte es ihrer Stimme an, daß sie das irgendwie ganz schön mitnahm. Dabei haben wir mit den Ritters gar nichts zu tun, und mit der Frau Ritter schon gar nicht. Trotzdem hatte auch ich plötzlich ein ganz blödes Gefühl im Magen.

»Beide?« fragte ich.

»Beide«, sagte meine Frau. Und nach einer Weile fügte sie hinzu: »Sie ist gerade mal ein Jahr älter als ich. Genauso alt, wie meine Mutter war, als sie an Krebs gestorben ist.«

Ich wiegelte ab. »Heute«, sagte ich, »stirbt man nicht mehr so leicht an Krebs.« Aber das verfing bei Elke nicht. »Heute wird amputiert«, sagte sie und brach auf einmal in Tränen aus, und ich mußte zu ihr rüber auf die andere Tischseite und ihren Kopf in meine Hände nehmen, damit sie sich wieder beruhigte.

»Du hast dich doch gerade untersuchen lassen«, sagte ich. »Bei dir ist nichts.«

»Ja, meinst du, die Ritter ist nicht beim Arzt gewesen? Manchmal geht das ganz schnell, von heut auf morgen.«

Das ist ihre größte Angst, daß es von heute auf morgen kommt, ohne Vorwarnung. Weil es bei ihrer Mutter damals so schnell ging. Drei Wochen nachdem sie ins Krankenhaus kam, war sie tot. Allerdings, ihre Mutter war nie zu einer Vorsorgeuntersuchung gegangen.

»Deine Mutter«, sagte ich, »ist nie zum Arzt gegangen. Bis es zu spät war. Dir kann so etwas nicht passieren. Du läßt dich doch regelmäßig untersuchen.«

Sie wischte sich die Tränen ab und schaute mich an: »Würdest du mich vermissen, wenn ich sterbe?«

Ich zog einen Stuhl heran, setzte mich neben sie und nahm sie in den Arm. Merkwürdig, dachte ich, daß ich noch nie daran gedacht habe, sie könne einmal nicht mehr da sein. Ich erinnerte mich, wie der Pfarrer bei der Beerdigung ihrer Mutter gesagt hatte: »Der Tod gehört zum Leben wie die Geburt.« Natürlich wußte ich, daß der Mann irgendwie recht hatte. Aber wirklich geglaubt hatte ich es ihm damals trotzdem nicht.

»Und du?« sagte ich.

»Ach, das weißt du doch«, sagte sie und lächelte schon wieder, und dann erzählte sie von dem Poesiealbum unserer Tochter, das sie gerade heute in dem alten Schrank entdeckt hatte, der hinten in unserem Hausflur steht. Wir schauten uns die Eintragungen an, die Fotos, die Gedichte, die guten Wünsche fürs weitere Leben. »Sieh mal, unsere Marina! Da ist sie gerade fünfzehn! Und daneben die Kleine von Holzers, die jetzt in Amerika lebt.« Ich zeigte auf eine Eintragung und die steile Unterschrift darunter. »Anholt?« sagte ich. »Ist das etwa der Anholt, bei dem auch ich Geschichte und Deutsch hatte?«

Irgendwie paßte alles zusammen an diesem Abend: wie wir so nebeneinandersaßen und uns das Album anguckten, die Erinnerungen an früher, die Fotos von unserer Tochter und ihren Klassenkameraden. Wir saßen in der Küche, die Köpfe ganz nah beieinander, wie unter Glas saßen wir da, und die übrige Welt war ganz weit weg. Und als meine Frau auf einmal sagte: »Es ist halb neun. Willst du heute nicht zum Karl?«, da dachte ich, was der Alfred kann, kann ich schon lange. »Heute nicht«, sagte ich. »Heute habe ich was Besseres vor.«

Aber am nächsten Abend saßen wir, Bernd, Manne, ich, Hella war auch dabei, doch wieder bei Karl zusammen. Irgendwie war das Gespräch auf Krankheiten gekommen, auf Krankheiten im allgemeinen und Krebs im besonderen, und als ich gerade erzählt hatte, daß meine Schwiegermutter seinerzeit ganz plötzlich an Krebs gestorben war, von heute auf morgen sozusagen, und daß Elke seitdem immer Angst habe, ihr könne das auch passieren, obwohl sie laufend zur Untersuchung gehe und noch nie irgend etwas festgestellt worden sei, da zog Bernd plötzlich ein Stück Papier aus der Tasche, strich es glatt, und sagte: »Paßt mal auf, hier hab ich was Interessantes. Stand heute in der Zeitung.«

Und dann las er uns den Artikel vor, den er aus der Zeitung ausgeschnitten hatte. Irgendwas über eine neue Krebstherapie. Nichts Besonderes eigentlich. Jeden zweiten Tag kann man so was lesen. Und als ich schon dachte, warum langweilt er uns mit so einem Scheiß, kam auf einmal der Satz: *Bei fortgeschrittenem Brustkrebs können gelegentlich Störungen der Geschmacks- und Geruchsorgane auftreten.*

»Ach, du Scheiße!« sagte ich. Und Hella sagte: »Kannst du den Satz noch mal lesen?« »Welchen Satz?« fragte Bernd.

»Na, den mit den Geschmacks- und Geruchsstörungen.«

Bernd las den Satz noch einmal, und nun sagte auch Hella: »Ach, du Scheiße!«

»Was ist denn mit euch los?« sagte Manne. »Seit wann habt ihr beiden Geheimnisse und seit wann redet ihr wie ein griechischer Chor?« Ich guckte Hella an, aber die wollte nicht. »Erzähl du!« sagte sie. Und da erzählte ich denn die Geschichte mit dem Givenchy-Fläschchen, und daß der Ritter sechs Wochen später beide Brüste amputiert worden seien, und Hella sagte bloß immer: »Woher sollte ich denn wissen, daß das was mit Krebs zu tun hat.«

Am Ende saßen wir alle da und schwiegen ziemlich bedröppelt, weil sich wieder einmal erwiesen hatte, daß alles immer noch einen Tick komplizierter ist, als unsereiner denkt. Bernd fing sich als erster wieder. »Ich glaub, ich geb mal eine Runde aus«, sagte er. Aber irgendwie war das heute auch kein zündender Gedanke.

»Laß mal!« sagte Manne. »Wir gehen. Muß morgen früh raus.«

Als Manne und Hella weg waren, fragte mich Bernd: »Und du?«

»Gut«, sagte ich. »Eins noch und dann geh ich auch.«

Aber dann wurden es doch noch zwei oder drei, und wir redeten über alles mögliche, nur nicht über Krankheiten, bis uns schließlich nichts mehr einfiel, worüber wir hätten reden können. Und als Bernd und ich eine ganze Weile in Gedanken versunken in unser Bier hineingeschwiegen hatten, während von der Musikbox schon zum dritten Mal krächzend *Volare* herüberschallte, fragte ich: »Wieso schneidest du dir eigentlich Artikel über Krebstherapien aus?«

Er schaute mich an, nahm einen Schluck, lehnte sich zurück, kam wieder näher.

»Weil ich vorige Woche im Krankenhaus war«, sagte er. »Die haben da was entdeckt. Kann gutartig sein. Ist es wahrscheinlich auch. Aber sicher ist das erst, wenn das Untersuchungsergebnis vorliegt.«

KARL

Bossa Nova. Ein merkwürdiger Name für eine Kneipe, wenn man es genauer bedenkt, zumal für eine Kneipe in einer Siedlung mit Einfamilienhäusern, gepflegten Vorgärten, Gardinen und Blumentöpfen vor den Fenstern. Aber als Karl sie übernahm, irgendwann in den Siebzigern muß das gewesen sein, da dachten wir alle noch, daß wir die Welt, die wirkliche Welt nach Vresen holen müßten. Vorher hatte sie Schützenhof geheißen, aber dann starb der alte Wolter, und sein Sohn hatte keine Lust, Kneipenwirt zu werden. Ein halbes Jahr lang stand die Kneipe leer, bis Karl sie pachtete und als erstes den neuen Namen über den Eingang malen ließ.

Natürlich blieben die Älteren erst mal weg. Die tranken ihr Bier lieber zu Haus, als in eine Kneipe zu gehen, die *Bossa Nova* hieß. Oder sie gingen neuerdings in *Petermanns Gasthof* oder zu *Prüser*, auch wenn es bis dahin ein paar hundert Meter weiter war. Zu Karl kamen damals nur die jungen Leute, und wenn er zu später Stunde die Gitarre von der Wand nahm und *Guantanamera* oder *Commandante Che Guevara* sang, dann grölten alle mit. Nur wenn einer auf der Musikbox die 3-2-0 wählte und Antonio Carlos Jobims Stimme ertönte, dann herrschte andächtige Stille, und man mußte lange auf sein Bier warten, weil Karl das Zapfen unterbrach, aus Pietät sozusagen.

Mehr als dreißig Jahre ist das her. Maria bediente in der ersten Zeit gelegentlich noch, wenn der Andrang zu groß war und Karl es allein nicht schaffte. Später verschwand sie ganz in der Küche, ließ sich kaum noch sehen. Damals glaubten wir noch, daß die Zukunft uns gehörte, obwohl da Allende schon tot war und Pinochet mit Hilfe der Yankees in Chile an die Macht gekommen war. Vielleicht kam unser Optimismus auch daher, daß wir jung waren, jung und ohne Erfahrung. Alfred, der auch damals schon meistens an dem kleinen Tisch neben der Tür saß, war um einige Jahre älter als wir anderen. Er wußte, daß die Welt nach einer ganz anderen Melodie tanzte. Aber auf ihn hörte keiner. Alfred war ein Außenseiter, ist es im Grunde bis heute geblieben.

Von denen, die damals jeden Abend im *Bossa Nova* an der Theke standen und sich die Köpfe heißdiskutierten, sind die meisten später von hier fortgegangen, nach Bremen, Hamburg, Berlin, München, sonstwohin. Oder sie sind hiergeblieben, haben geheiratet, Kinder gekriegt, haben sich auf die eine oder andere Weise arrangiert und sitzen immer noch Abend für Abend im *Bossa Nova* und hängen ihren Erinnerungen nach.

»Wann war das, als der Papst Nikaragua besuchte?«

Wir saßen vor unserem Bier, Bernd, Manne, Hella und ich, und plötzlich fragte Bernd: »Wann war das, als der Papst Nikaragua besuchte?«

Merkwürdig, dass er gerade jetzt darauf zu sprechen kam, wo wir ohnehin schon den ganzen Abend Trübsal bliesen.

»Irgendwann in den Neuzigern muß das gewesen sein«, sagte ich. »Max war gerade für ein halbes Jahr nach Saudi-Arabien gegangen, glaube ich.«

Damals hatten wir auch bei Karl zusammengesessen, in

der gleichen Besetzung, am selben Tisch, nur daß wir um einiges jünger waren.

Und plötzlich war Karl hinter der Theke hervorgekommen.

»Habt ihr das gesehen?« fragte er. Er sprach so laut, als wäre für alle im Lokal, wenn nicht gar für die ganze Welt bestimmt, was er zu sagen hatte. »Habt ihr in der Tagesschau gesehen, wie der Cardenal vor dem Papst niedergekniet ist?«

Klar hatten wir das gesehen. Gleich die erste Meldung: der Heilige Vater in Nikaragua begeistert empfangen.

»Ist doch sein Boss, oder?« sagte Manne. »Da ist doch ein Kniefall nicht zuviel verlangt heutzutage.«

Manne hatte seit einiger Zeit so einen ironischen Ton drauf, der eigentlich gar nicht zu ihm paßte. Aber das hing wahrscheinlich damit zusammen, daß er in der Firma in Bremen mit seinem damaligen Chef nicht zurechtkam.

»Sein Boss, sagst du?« Karl schien einen Augenblick nachzudenken. »Okay«, sagte er dann. »Wenn es so ist ...«

Aber ganz zufrieden war er mit der Antwort wohl doch nicht. Ihm ging ganz offensichtlich noch etwas im Kopf herum.

»Habt ihr auch gesehen«, fragte er, »wie unser Freund Ernesto dem Papst den Ring küssen will, und der ihm die Hand wegzieht und ihn ausschimpft wie ein ungezogenes Kind? Habt ihr das gesehen?«

Ich erinnere mich, daß Karls Stimme ganz anders war als sonst, überdreht irgendwie, überdreht und schrill, so als könne er nur mit Mühe das Lachen unterdrücken. Dabei war sein Gesicht todernst. »Habt ihr das gesehen?« fragte er immer wieder. »Habt ihr das gesehen?« Er stand da, sah uns der Reihe nach an, als erwarte er von jedem von uns eine Stellungnahme. Jetzt. Sofort. Aber was sollten wir dazu sagen? Und dann, auf einmal, sah es aus, als hätte er Tränen in den Augen.

»Scheiß drauf!« hatte Karl gesagt. »Ich geb einen aus.«

»Fünfundneunzig oder sechsundneuzig muß das gewesen sein«, sagte Manne. »Ich war damals noch bei der GeWo-Bau.«

»Merkwürdig«, sagte Bernd. »Ich hätte wetten können, daß das länger her ist.«

»Und wie kommst du jetzt darauf?« fragte ich.

Bernd machte eine Kopfbewegung zur Tür hinüber.

»Weil ich gerade sehe, daß das Foto von Allende nicht mehr über der Tür hängt.«

Tatsächlich. Das gerahmte Allende-Porträt mit dem schwarzen Trauerband quer über der rechten oberen Ecke war weg. Wenn man genau hinsah, konnte man noch den weißen Fleck sehen, wo es gehangen hatte.

»Ist mir noch gar nicht aufgefallen«, sagte ich. »Seit wann ist das denn weg?«

»Keine Ahnung«, sagte Bernd, und Manne sagte: »Kann mich gar nicht erinnern, wann ich es zum letzten Mal gesehen habe.«

Ich glaube, daß Karl den Papstbesuch in Nikaragua als ganz persönliche Niederlage empfand. Irgend jemand muß damals die 3-2-0 gedrückt haben, jedenfalls hörten wir auf einmal Antonio Carlos Jobim *La Garota de Ipanema* singen. Karl, schon wieder hinter der Theke, nahm die Hand vom Zapfhahn, stand stocksteif, wie in Trance da, in seinem Gesicht zuckte es. Einen Augenblick lang glaubte ich, er könne tatsächlich zu weinen anfangen. Aber da kam Maria aus der Küche. Sie sah ihn an, sah das Glitzern in seinen Augen. Dann ging sie zur Musikbox hinüber und zog den Stecker raus. Vielleicht hat Karl noch an diesem Abend, nachdem wir alle gegangen waren, das Allende-Bild über der Tür abgenommen. Und wir haben es nicht einmal gemerkt. Erst viele Jahre danach fiel einem von uns auf, daß es nicht mehr da war.

Ich erinnere mich, wie still es in der Kneipe war, als die Musik plötzlich abbrach. Keiner sagte etwas, bis Karl in die Stille hinein rief: »Na, was ist? Wer will ein Freibier?«

Merkwürdigerweise meldete sich erst gar keiner, obwohl Karl schon fleißig am Zapfen war. Ich dachte: Warum tut er das? Warum läßt er uns nicht in Ruhe mit seinem Ernesto Cardenal und seinem Allende und all dem Quatsch? Ich war wütend auf Karl, weil er ausgerechnet von uns hören wollte, was doch sowieso allen klar war, daß unsere Zeit längst abgelaufen war. Und ich war wütend auf mich selbst, weil ich plötzlich ein schlechtes Gewissen hatte und mich dafür verantwortlich fühlte, daß diese merkwürdige Stille rundherum endlich aufhörte.

Ich sah mich um, und als niemand sich rührte, stand ich auf und ging an die Theke. Karl schob mir ein Bier hin. »Prost!« sagte er. »Auf die alten Zeiten«, und lächelte dabei so traurig, daß ich Mühe hatte, einen Schluck runterzubringen.

Wenn ich heute daran zurückdenke, glaube ich, daß ich damals zum ersten und einzigen Mal so etwas wie Nähe zu Karl empfand. Ich sah in sein Gesicht, sah das wehmütig spöttische Lächeln, sah, wie er mit der Linken an seinem Ohrring zupfte, wie er es auch heute noch tut, wenn er in Gedanken ist. Es war nur ein kurzer Moment, für einige Sekunden waren Karl und ich in einer Seifenblase vereint, getrennt von all den anderen drum herum. Ich hätte etwas sagen müssen, etwas Tröstliches oder etwas Lustiges, das ihn aufgeheitert hätte, vielleicht auch nur etwas, das ihm zeigte, daß ich verstand, was ihn beschwerte. Aber mir fiel nichts ein. Und dann platzte die Seifenblase, und das Stimmengewirr setzte wieder ein, und Karl nahm ein Glas nach dem anderen, hielt es schräg unter den Zapfhahn und ließ das Bier hineinlaufen, weil alle es sich plötzlich doch anders überlegt hatten und zur Theke drängten, um sich ihr Freibier abzuholen.

GELD I

Eines Abends betrat ich Karls Kneipe, die andern waren noch nicht da, überhaupt war noch kein großer Betrieb, da sah ich an einem Tisch hinten in der Ecke Wesemann sitzen, Aktenmappe neben sich, Handy am Ohr, vor sich ein Stück Papier, auf dem er sich Notizen machte. Ihm gegenüber Fitek. Weiß der Teufel, was die zu bereden hatten. Wesemann klappte sein Handy zu und winkte, als ich zu ihm rüberguckte.

»Tach, Herr Wesemann! Auch mal wieder in der Stadt?« rief ich hinüber.

»Nur für ein paar Tage«, antwortete er. »Muß mal wieder nach dem Rechten sehen.«

Herr Wesemann war Kaufmann, Im- und Export. Die meiste Zeit lebte er in Argentinien. Hatte aber immer mal wieder in Hamburg oder in Bremen zu tun. Dann kam er auch für ein paar Tage nach Vresen, war plötzlich da und genauso plötzlich auch wieder verschwunden.

Wenn er hier war, wohnte er bei Fräulein Riemann schräg gegenüber von Bernd und Barbara in der Lönsstraße. Fräulein Riemann ist Bibliothekarin, war damals achtunddreißig Jahre alt und unverheiratet. Natürlich wußte sie, daß Wesemann in Argentinien eine Frau und drei Kinder hatte. Aber das schien sie nicht zu stören. Oder sie liebte ihn trotzdem. Liebte und litt.

Bernd sagte einmal, daß er immer im vorhinein wisse, wann Wesemann auftauche.

»Wieso? Meldet er sich bei dir an?«

Nein, sagte Bernd. Aber seine Barbara könne aus dem Fenster sehen, wenn die Riemann am Samstagmorgen mit frisch gefärbten Haaren vom Friseur komme. Das passiere nur drei- oder viermal im Jahr. Und jedes Mal halte dann am Nachmittag ein Taxi vor ihrer Tür und Wesemann steige aus mit einem Koffer in der einen und einem Blumenstrauß in der anderen Hand.

Jetzt war aber nicht Samstag, sondern Mittwoch, und Wesemann war offenbar geschäftlich hier, denn Fitek und er steckten die Köpfe zusammen und redeten und redeten, und zwischendurch klappte Wesemann immer mal wieder sein Handy auf, tippte eine Nummer ein, hielt das Handy ans Ohr, sprach, nickte.

»Was haben die beiden denn zu bereden?« fragte ich Karl, als er mir mein Bier brachte. »Wesemann und Fitek? Keine Ahnung«, sagte er. »Wahrscheinlich geht es um Geld.«

Geld, das heißt bei Fitek nicht dasselbe, was es bei anderen heißt. Tomas Fitek ist nämlich Sammler, nicht von Münzen, sondern von Papiergeld. Zu Haus hat er große Alben, in denen die Scheine unter durchsichtigen Folien aufbewahrt werden. Manche besonders seltene Stücke hängen auch hinter Glas an seiner Wohnzimmerwand, immer zwei von derselben Sorte, damit man Vorder- und Rückseite sehen kann. Normalerweise läßt sich Fitek in Karls Kneipe nicht sehen. Überhaupt sieht man ihn selten. Er sitzt fast immer zu Haus, betrachtet mit der Lupe seine Geldscheine und schreibt Artikel für *Münzen & Papiergeld*, die Fachzeitschrift der Papiergeldsammler. Über das österreichische Notgeld Anfang der zwanziger Jahre beispielsweise oder über Reichsbahn-Banknoten und ihre Fälschung.

An jenem Abend bei Karl, so soll es Fitek selbst erzählt haben, habe Wesemann ihm zugesagt, gleich nach seiner Rückkehr nach Argentinien einen Sammler in San Isidro, einem Stadtteil von Buenos Aires, aufzusuchen und in Fiteks Namen je zwei Fünfzig-, Hundert-, Zweihundert- und Fünfhundert-Peso-Scheine aus dem Jahr 1916 zu kaufen.

»Und was dürfen die kosten«, habe Wesemann gefragt.

»Tausend Dollar alle acht, wenn sie unbeschädigt sind«, habe er, Fitek, geantwortet. »Jeden Dollar, den Sie drunterbleiben, können Sie als Provision behalten.«

Gleich am nächsten Tag will Fitek dann bei der Sparkasse zehn grüne Hundert-Euro-Scheine gegen zehn grüne Hundert-Dollar-Scheine eingetauscht haben und sie Wesemann in die Lönsstraße gebracht haben, bevor der wieder mit dem Taxi davongefahren sei.

»Viel Geld für so ein bißchen Papier!« sagte ich zu Bernd.

Aber der hatte sich mal mit dem Fitek darüber unterhalten. Das seien Sammlerstücke, hatte der gesagt. Und 1916 sei irgendwie ein besonderes Jahr, jedenfalls für Argentinien. Von diesen Fünfzig-, Hundert-, Zweihundert- und Fünfhundert-Peso-Scheinen gebe es nicht so viele auf der Welt. Da sei der Preis durchaus angemessen.

Das war alles noch lange bevor der Bernd seine erste Chemo machen mußte und ihm die Haare gleich büschelweise ausfielen, so daß er sich nur noch mit Pudelmütze sehen ließ. Überhaupt ist, wenn man das von heute aus betrachtet, seitdem vieles anders und, wenn ich das sagen darf, keineswegs besser geworden. Nur der Fitek, der hat damals Glück im Unglück gehabt.

Fitek wartete also auf Nachricht aus Argentinien. Er wartete vier Wochen, sechs Wochen, zwei Monate. Und als er eines

Tages in der Stadtbibliothek ein Buch ausleihen wollte, sah er Fräulein Riemann hinter ihrem Schreibtisch sitzen. Er stellte sich vor: »Fitek, Tomas.« Sie erinnerte sich, ihn schon einmal in der Lönsstraße gesehen zu haben. »Ach ja, Herr Fitek«, sagte sie, und da erzählte er ihr von dem Auftrag, den Wesemann für ihn in Argentinien zu erledigen versprochen habe, und fragte, ob sie vielleicht eine Adresse oder eine Telefonnummer …

Fräulein Riemann wurde erst rot, dann totenbleich, zitterte am ganzen Leib, es sah aus, als könne sie jeden Augenblick in haltloses Schluchzen ausbrechen. Nichts habe sie, preßte sie kaum hörbar hervor, keine Adresse, keine Telefonnummer, nichts. Fitek war verstört. Er entschuldigte sich, vergaß, daß er eigentlich gekommen war, um ein Buch auszuleihen, und verließ kopfschüttelnd die Bibliothek.

Aber am nächsten Samstag kam ein Fleurop-Bote in die Lönsstraße, klingelte bei Fräulein Riemann und gab einen großen Strauß Tulpen ab. Bernds Barbara, die dies vom Küchenfenster aus beobachtete, dachte, daß der Blumengruß von Wesemann sei und seine baldige Ankunft ankündige. Aber dem Strauß war ein Kärtchen beigefügt, auf dem stand: »Liebes Fräulein Riemann, es tut mir leid, daß ich Ihnen neulich durch meine taktlose Frage Schmerz bereitet habe. Bitte nehmen Sie zum Zeichen der Entschuldigung diese Blumen an. Mit unendlichem Bedauern Ihr Tomas Fitek.«

Tomas Fitek sprach, wie er schrieb: ein gediegenes, ein wenig altmodisches Deutsch. So hatte er es als Kind von den Eltern in Böhmen gelernt. Ende der siebziger Jahre hatte er, inzwischen Ingenieur in staatlichen Diensten, eine berufliche Reise nach Wien genutzt, um seine Heimat für immer zu verlassen. Als politischer Flüchtling war er in die Bundesrepublik gekommen, erst nach Köln, dann nach einigen Umwegen hierher nach Vresen, hatte bei den Stadtwerken eine Anstellung gefunden und war geblieben.

Mittlerweile war er Mitte Fünfzig, lebte allein in einer geräumigen Vier-Zimmer-Wohnung am Alten Markt und galt als Sonderling. Als Ingenieur bei den Stadtwerken verdiente er genug, um sich sein teures Hobby leisten zu können. Andere Leidenschaften schien er nicht zu kennen. Daheim in Böhmen, so wurde gemunkelt, habe er eine Frau und zwei Kinder zurückgelassen. »Niemals«, sagte Joschi Andacht, »hätten sie so einen damals ins Ausland reisen lassen, wenn er alleinstehend gewesen wäre.« Joschi Andacht ist Lokalreporter beim *Weserkurier*, einer, der sonst alle Geheimnisse kennt, aber, was Fitek betraf, hatte auch er nicht mehr als Vermutungen zu bieten.

Ein halbes Jahr war vergangen und Wesemann hatte sich immer noch nicht gemeldet, nicht bei Fitek und auch nicht bei Fräulein Riemann. Aber wenige Tage, nachdem Fiteks Blumengruß in der Lönsstraße eingetroffen war, hatte Fräulein Riemann Fitek angerufen, sich bei ihm für die Aufmerksamkeit bedankt und sich ihrerseits entschuldigt, daß sie auf seine arglose Frage so dumm reagiert habe. Es muß ein langes Telefongespräch gewesen sein, bei dem vieles zur Sprache kam, was sie sich von Angesicht zu Angesicht niemals zu sagen gewagt hätten. Jedenfalls lud Fitek Fräulein Riemann am Ende zu einem Abendessen ins Restaurant *Alla Roba Rossa* ein.

Ettore, der Kellner, der wie Manne gelegentlich in der Altherrenmannschaft des TSV spielt, hatte es Manne erzählt, und der tischte uns die Neuigkeit gleich am nächsten Tag bei Karl auf: Fast vier Stunden hätten die beiden bei Giulio gesessen, und Fitek hätte die ganze Zeit in seinem Böhmisch-Deutsch Geschichten aus dem Ersten Weltkrieg und der Inflationszeit zum Besten gegeben, während sie andächtig zugehört habe. Ganz gebannt sei sie gewesen, und der Fitek sei im Laufe des Abends immer mehr aus sich herausgegangen, hätte mehrmals für sie Amaretto und für sich Grappa bestellt und alle Register seines k.u.k. Charmes gezogen. Erst nach elf habe Fitek schließlich ein Taxi rufen lassen, das beide in die Lönsstraße gebracht habe.

»Du meinst, der Fitek ist die Nacht über bei der Riemann geblieben?« fragte ich.

»Jedenfalls sind sie zusammen ins Taxi gestiegen. Das kann der Ettore beschwören.«

Tatsache ist aber, daß Bernd, als er am Morgen nach der fraglichen Nacht wie immer früh aufstand, um ins Amtsgericht zu gehen, die Riemann wie jeden Morgen allein aus dem Haus schräg gegenüber kommen sah. Und als Barbara gut eine Woche später von ihrem Küchenfenster aus Fräulein Riemann beobachtete, wie sie mit frisch gefärbten Haaren und eiligen Schritten ihrer Haustür zustrebte und am Nachmittag dann tatsächlich das Taxi mit Wesemann kam, glaubten alle, daß Ettore wohl doch ein wenig übertrieben hatte.

Wesemann blieb diesmal zwei Tage, während derer er das Haus nicht verließ. Die Riemann erschien ein-, zweimal, aber immer allein. Dafür tauchte am zweiten Tag in der Frühe Fitek in der Lönsstraße auf. Auf dem dem Haus der Riemann gegenüberliegenden Bürgersteig ging er stundenlang auf und ab, verschwand dann und wann in der Telefonzelle an der Ecke Pascalstraße und nahm dann seinen Kontrollgang wieder auf. Der Meergans von nebenan kann das bestätigen. Meergans ist Frührentner, und weil er nichts zu tun hat, sitzt er den ganzen Tag am Fenster und schaut auf die Straße. Er hat auch gesehen, daß am Nachmittag, als

Barbara und Bernd auf dem Fischerfest in Gaddum waren, ein Taxi bei der Riemann vorgefahren kam.

Was dann passierte, war ziemlich merkwürdig. Der Fahrer stieg aus, klingelte bei der Riemann, und in diesem Moment kam Fitek mit schnellen kleinen Schritten über die Straße, öffnete den Schlag des Wagens und setzte sich hinten hinein. Kurze Zeit später erschien auch Wesemann, stieg ebenfalls ein, während der Fahrer seinen Koffer verstaute. Sie seien dann zusammen fortgefahren, sagte Bernd, der die Geschichte am nächsten Tag von Meergans erfahren hat, als der sich den Rasenmäher ausleihen kam.

»Fitek und Wesemann?« fragte ich ungläubig.

Ja, sagte Bernd. Und die Riemann habe ihnen noch vom Fenster hinterhergewinkt.

Am Sonntag drauf mußte Bernd zu seiner ersten Chemo. Manne und ich wollten ihn mit dem Auto ins Krankenhaus fahren, aber Barbara war dagegen. Das sei ihre Sache, sagte sie. Wir sollten ihn lieber mal besuchen, wenn ihm danach sei. Da sind wir denn, Manne und ich, noch mal kurz auf dem TSV-Platz vorbei, haben uns die zweite Halbzeit angeguckt und sind hinterher noch auf ein Bier ins Clubhaus gegangen, weil wir an einem solchen Tag und ohne Bernd nicht zu Karl gehen wollten.

Da kam auf einmal Joschi Andacht rein, setzte sich zu uns und fragte: »Habt ihr schon von dem Geschäft zwischen Fitek und Wesemann gehört?«

»Klar«, sagte Manne. »Das mit den alten Peso-Scheinen.«

Die Peso-Scheine, sagte Joschi Andacht, habe der Fitek nie gesehen, genausowenig, wie er die tausend Dollar je wiedergesehen habe, die er dem Wesemann seinerzeit mitgegeben habe. »Die haben ein ganz anderes Geschäft gemacht«, sagte er.

»Was meinst du? Was für ein anderes Geschäft?«

»Der Fitek hat dem Wesemann die Riemann abgekauft. Für tausend Dollar.«

Pffft. Manne und ich saßen wie vom Donner gerührt auf unseren Barhockern und schauten uns an. Nicht gerade nett, was der Joschi da sagte, gerade jetzt, wo Tomas Fitek, geschieden, zwei Kinder, und Katharina Riemann, ledig, keine Kinder, soeben auf dem Standesamt ihre Eheschließung angemeldet hatten. Aber der Joschi war ein kluges Kerlchen, und wenn der so was sagte, war da meistens auch was dran.

»Tausend Dollar?« sagte ich. »Und die Riemann macht das mit?«

»Die hat doch keine Ahnung, was die beiden unter sich ausgemacht haben. Wenn sie überhaupt etwas mitgekriegt hat, dann dachte sie wahrscheinlich, es ginge immer noch um die Peso-Scheine.«

Als ich einige Tage später Elke davon erzählte, sagte sie: »Und du glaubst, daß man für tausend Dollar bei uns eine Frau kaufen kann? In Rumänien vielleicht. Aber nicht bei uns. Das sind doch typische Männerphantasien. Der Fitek wird dem Wesemann klargemacht haben, daß er die Finger von der Riemann lassen soll. Vielleicht hat sie ihn sogar darum gebeten, weil sie selbst dem Kerl nicht gewachsen war.«

»Und die tausend Dollar? Der Fitek hat doch damals selbst erzählt, daß er dem Wesemann tausend Dollar gegeben hat, um für ihn diese Peso-Scheine zu besorgen und daß er seitdem nie wieder etwas gehört hat.«

»Na und?« sagte meine Frau. »Sind tausend Dollar zuviel für eine Frau?«

Was soll man da noch sagen? Wenn der Bernd nicht im Krankenhaus gewesen wäre und Manne nicht gerade Zoff mit Hella gehabt hätte und im *Bossa Nova* auch sonst alles noch so gewesen wäre wie früher, wäre ich jetzt vielleicht doch auf ein Bier zu Karl rübergegangen. Einfach, um mal wieder ein ganz normales Gespräch unter Männern zu führen. Aber so, wie die Lage war, sagte ich nur: »Mag schon sein, daß du recht hast. Vielleicht ist alles ja doch ganz anders, als Joschi behauptet.«

GIULIO

Vor anderthalb Jahren oder so muß das gewesen sein, als Alfred und Giulio sich in die Haare kriegten. Eines Morgens, Alfred hatte gerade das Vordach seines Kiosks hochgeklappt, kam Giulio über den Platz direkt auf den Kiosk zu. Will der zu mir, dachte Alfred, und als er nach einer Weile wieder aufschaute, stand Giulio tatsächlich direkt vor ihm und sagte: »Eine Cola bitte!« Das war nun allerdings sehr ungewöhnlich, weil Giulio in seinem eigenen Laden jederzeit soviel Cola umsonst hätte trinken können, wie er wollte. Und außerdem mochten sich Alfred und Giulio nicht besonders. Giulio trank einen Schluck, schob den Becher zur Seite, räusperte sich und kam sofort zur Sache.

Von seinem Restaurant aus, sagte Giulio, könne er alles sehen, was sich hier am Kiosk abspiele, wer wann vorbeikomme und schnell mal drei oder vier Magenbitter kippe zum Beispiel, bevor er sich bei ihm zum Essen hinsetze. Es seien immer dieselben, sagte er. Alfred wisse schon, wen er meine: »Erst kippen sie drei, vier Magenbitter runter, und anschließend kommen sie dann zu mir, essen so gut wie nichts, trinken aber eine ganze Flasche Rotwein und hinterher noch zwei oder drei Grappa, und ich kann sehen, wie ich sie nachher wieder loswerde.«

»Und warum erzählst du mir das?« fragte Alfred.

»Ich möchte dich bitten, gewissen Leuten keinen Magenbitter mehr zu geben«, sagte Giulio.

»Ich soll meinen Kunden keinen Magenbitter geben?« Alfred blieb fast die Luft weg vor Empörung. »Und bei dir kriegen sie Rotwein und Grappa, soviel sie wollen, wie?«

Da habe sich Giulio, so Alfred, zur vollen Höhe seiner ein Meter sechzig aufgerichtet und gesagt: »Rotwein und Grappa gehören zum Essen. Jedenfalls in Italien.«

»Und in Deutschland gehört ein Magenbitter zum Essen«, habe er, Alfred, geantwortet.

«Einer«, habe Giulio geschrien. »Aber nicht vier! Und nicht vor dem Essen, sondern danach.«

Nun muß man wissen, daß der Alfred keine Lizenz zum Alkoholausschank hatte. Brauche er auch nicht, sagte er, weil Magenbitter kein alkoholisches Genußmittel sei, sondern Medizin. Aber als er vierzehn Tage später einen Brief vom Ordnungsamt bekam, hatte Alfred gleich kein gutes Gefühl. Gegen ihn, stand da, liege eine Anzeige vor wegen Verstoßes gegen die Alkoholausschanklizenz. Er möge sich binnen vierzehn Tagen zu den Vorwürfen äußern, schriftlich oder mündlich in der Zeit von neun bis zwölf Uhr, Zi. 203, erster Stock, gez. Völkers.

Alfred geht zur Stadtverwaltung, steigt die Treppe zum zweiten Stock hinauf, findet das Zimmer 203, *Völkers* steht auf dem Schild neben der Tür, er klopft: »Guten Tag. Ich möchte mit Herrn Völkers sprechen.«

»Einen *Herrn* Völkers«, sagt die Dame hinter dem Schreibtisch, »gibt es hier nicht. Aber worum geht es denn? Ich nehme an, Sie wollen zu mir.«

Das ist für jemand, der so unter Dampf steht wie Alfred, eine denkbar schlechte Eröffnung. Am liebsten wäre er jetzt umgedreht, hätte noch einmal angeklopft, die Tür geöffnet: Guten Tag! Bin ich hier richtig bei Frau Völkers? Oder noch besser: Guten Tag! Frau Völkers, nehme ich an?

»Ich möchte ...«, stammelte Alfred. Die Dame hinter dem Schreibtisch lächelte mild. »Ich möchte wissen, wer mich angezeigt hat«, preßte Alfred hervor.

»Sie sind der Herr?«

»Alfred Baynczyk. Ich habe den Kiosk am Amtsgericht.«

»Ach, Herr Baynczyk ...« Die Dame holte eine Mappe hervor, blätterte darin und hielt dann ein Schreiben in der Hand. »Anzeige wegen illegalen Ausschanks alkoholischer Getränke. Was sagen Sie zu der Beschuldigung?«

»Was ich dazu sage? Eine Lüge ist das. Ich verkaufe an meinem Kiosk keine alkoholischen Getränke.«

»Na, dann nehme ich das so zur Kenntnis, und damit ist die Sache für mich erledigt«, sagte sie, nahm einen Stift, machte sich eine Notiz auf einem Blatt Papier und legte es zu den anderen Schriftstücken in die Mappe.

»Danke, Herr Baynczyk. Das war's schon. Ich mußte Sie das fragen. Der Ordnung halber. Schließlich sind wir das Ordnungsamt.«

Keine zwei Minuten hatte das ganze gedauert. Dann war Alfred schon wieder draußen und dachte, daß die bei der Stadt vielleicht doch nicht ganz so schlimm seien, wie er immer geglaubt hatte. Aber dann fiel ihm auf einmal wieder ein, was er eigentlich hatte wissen wollen: wer ihn verpfiffen hatte. Nun war er aber schon die zwei Treppen hinuntergestiegen, stand draußen vor dem Gebäude im Nieselregen, und noch einmal zu Frau Völkers hineinzugehen wagte er nicht. Deshalb gab er sich selbst die Antwort: Giulio.

Als tags drauf um die Mittagszeit der Oberstaatsanwalt wieder mal bei Alfred vorbeikam, theatralisch die Hand auf den Magen legte und mit versagender Stimme einen Magenbitter verlangte, sagte Alfred: »Es gibt Leute, denen paßt es nicht, daß man bei mir einen Magenbitter kriegen kann. Oder zwei.«

»Was für Leute?« fragte der Oberstaatsanwalt.

Alfred deutete mit dem Kopf über den Platz.

»Giulio?« Alfred nickte.

»Ah, so ist das«, sagte der Oberstaatsanwalt und ließ sich gleich noch einen zweiten Magenbitter geben. »Wenn das so ist, dann wird man sich mal was überlegen müssen.«

Es dauerte keine Woche, da kam erst die Gewerbeaufsicht und dann auch noch das Gesundheitsamt und stellten Giulios Restaurant auf den Kopf. Und natürlich fanden sie auch etwas, was nicht hundertprozentig den Vorschriften entsprach. Giulio bekam eine Verwarnung und mußte ein Bußgeld von dreihundert Euro bezahlen.

Die dreihundert Euro, sagte er, die könne er verschmerzen. Aber der, der ihm die Behörden auf den Hals geschickt hat, dem verzeihe er das nie.

»Und wer meinst du, war das?«

»Wer? Wer? Der da drüben natürlich.«

Der da drüben, das war Alfred. Der hatte strenggenommen, die Überprüfung von Giulios Restaurant nicht veranlaßt, aber ganz unschuldig daran war er auch nicht, wie umgekehrt Giulio Alfred nicht direkt angezeigt hatte, aber seinen Ärger über ihn überall ausposaunt hatte, bis sich schließlich einer fand, der anonym Anzeige erstattete. Und so brüteten sie denn beide, einander mißtrauisch beäugend, tagelang vor sich hin, bis eines Abends, als Alfred seinen Kiosk abschließen wollte, plötzlich Giulio vor ihm stand.

»Du Denunziant!«

»Was bin ich?« fragte Alfred.

»Du dreckiger Denunziant!« sagte Giulio und spuckte vor ihm aufs Pflaster.

Alfred ist normalerweise eine Seele von Mensch. Aber das war selbst für ihn zuviel.

»Du kleiner Giftzwerg!« brüllte er. »Du hast mich beim Ordnungsamt verpfiffen. Und jetzt kommst du daher und nennst *mich* Denunziant! Du .... Du ...«

Schon war Alfred aus seinem Kiosk raus, hatte den einen Kopf kleineren Giulio am Kragen gepackt und schüttelte ihn, versuchte es jedenfalls, denn der Kleinere erwies sich als erstaunlich standfest. Schließlich, als Alfred seinen Griff ein wenig lockerte, riß Giulio sich los, packte Alfred von hinten und hielt ihn mit beiden Armen fest umschlungen. Einige Minuten rangen sie miteinander, verbissen, schnaufend und mit hochroten Köpfen.

Dann war plötzlich Giulios Frau da, eine stämmige Matrone von vierzig Jahren. Sie riß Giulio zurück, gab ihm zwei schallende Ohrfeigen, drehte sich um, sah den mit hängenden Schultern verdutzt dreinschauenden Alfred und noch einmal: links, rechts. Das alles geschah völlig wortlos. Und wortlos ging sie auch wieder davon und ließ die beiden traurigen Helden auf dem Kampfplatz zurück. Die standen sich noch eine Weile nach Atem ringend, aber ansonsten schweigend, gegenüber, bis Giulio schließlich sagte: »Wir müssen reden.«

»Was gibt's da zu reden?« sagte Alfred.

»Nicht hier!« sagte Giulio. »Gehen wir zu Karl.«

Als Manne und ich später am Abend bei Karl auftauchten, waren Alfred und Giulio längst beim fünften Bier und Korn und offenbar kurz davor, sich Blutsbrüderschaft zu schwören. Hella und Bernd waren diesmal nicht dabei, Hella, weil sie immer noch schmollte, und Bernd, weil er wegen seiner Chemo ohnehin nichts trinken durfte. Giulio winkte uns heran. »Setzt euch!« sagte er. »Wir haben euch etwas mitzuteilen.«

Wir setzten uns, guckten Giulio und Alfred an, die einträchtig nebeneinandersaßen.

»Augenblick noch!« rief Manne. »Wenn ihr uns eure Verlobung verkünden wollt, brauchen wir erst was zu trinken.«

Giulio grinste, Alfred grinste, und als Karl unsere Biere brachte, räusperte sich Giulio und sagte mit schwerer Zunge: »In zwei Jahren gehen Alfred und ich nach Italien und machen in meiner Heimatstadt Rovereto ein Restaurant auf. Stimmt, Amico?«

»Stimmt!« sagte Alfred. »So beschlossen.«

»Wie kommt ihr denn auf so eine Schnapsidee?« sagten Manne und ich wie aus einem Mund.

»Wir haben den Ärger mit den Behörden satt«, sagte Alfred.

»Und mit den Denunzianten«, fügte Giulio hinzu.

KELIM

Herr Nasrallah ist Libanese, seit fast zwei Jahrzehnten schon hat er sein Teppichgeschäft in Vresen am Alten Markt. Früher wohnte er mit Frau und Tochter in zwei kleinen dunklen Zimmern über dem Laden. Aber als Fräulein Riemann den Fitek heiratete, ist er in die Riemannsche Wohnung gezogen, schräg gegenüber von Bernd und Barbara. Bernd und Barbara waren einmal bei den Nasrallahs zum Tee, Herr Nasrallah einmal bei Bernd und Barbara auf einen Kaffee. Sonst sahen sie sich manchmal auf der Straße, grüßten sich, wechselten ein paar Worte. Die Tochter Venus war Ende Zwanzig und seit ihrem sechzehnten Lebensjahr an den Rollstuhl gefesselt. Ein Unfall, sagte Frau Nasrallah, zu Hause in Beirut sei es passiert, wo die unverheiratete Tochter einige Jahre unter der Obhut eines Onkels gelebt habe. Nach dem Unfall holten die Nasrallahs ihre Tochter zu sich nach Deutschland. Weil man in Beirut ja ohnehin nicht mehr habe leben können, und als pflegebedürftiger Mensch schon gar nicht.

Eines Abends kam Bernd aus dem Amtsgericht nach Haus, und im Wohnzimmer saß Frau Nasrallah mit verweinten Augen vor einer halb ausgetrunkenen Tasse Kaffee, Barbara ratlos ihr gegenüber. Als Bernd eintrat, stand Frau Nasrallah auf und verabschiedete sich. Sie müsse sich um ihre Tochter kümmern. Vielen Dank für den Kaffee, Barbara habe ihr sehr geholfen.

»Was ist denn los?« fragte Bernd, als sie gegangen war.

»Herr Nasrallah«, sagte Barbara, »ist außer sich. Er will den TSV verklagen. Er sagt, man habe die Ehre seiner Familie in den Dreck gezogen.«

»Was hat denn der mit dem TSV zu tun?« Bernd begriff gar nichts. Aber nun legte Barbara die aufgeschlagene Zeitung auf den Küchentisch. »Hier«, sagte sie. »War heute in der Zeitung.«

Das Foto quer über drei Spalten zeigte die erste Mannschaft des TSV, eine Reihe kniend, eine zweite dahinter stehend. *Mit neuen Trikots in die neue Saison* stand darunter. Und tatsächlich, das sah Bernd sofort, die Trikots waren neu, alle Spieler trugen auf der Brust den Schriftzug: ORIENT-TEPPICHE NASRHALLA.

»Sieh mal an!« sagte Bernd. »Der betätigt sich als Sponsor für den TSV. Und was ist daran nun so schlimm?«

»Sag mal, kannst du nicht lesen?« entgegnete Barbara. »Da steht nicht Nasrallah, da steht NASRHALLA.«

»Stimmt!« sagte Bernd. »Und deswegen will er den TSV verklagen?«

»Er glaubt, daß das Absicht ist. Ist ihm nicht auszureden.«

»So ein Quatsch. Und was sagen die vom TSV?«

»Beim TSV behaupten sie, ihnen wäre das gar nicht aufgefallen, beim *Weserkurier* auch«, antwortete Barbara.

»Wird schon stimmen«, sagte Bernd. »Ich hab ja auf den erstem Blick auch nichts gemerkt.«

»Aber *ihm* ist es aufgefallen«, sagte Barbara. »Gleich, als er heute morgen die Zeitung aufschlug. Und seitdem ist er tödlich beleidigt.«

»Und was kann man da machen?«

»Frau Nasrallah fragt, ob du nicht mal mit ihrem Mann reden könntest.«

»Ich? Worüber?«

»Vielleicht kannst du ihm das mit der Anzeige ausreden. Sie meint, wenn du als Mann mit ihm redest ...«

Bernd zierte sich noch ein bißchen – »Ich kenn den ja gar nicht. Was weiß ich, was in diesen Orientalen vor sich geht« –, aber schließlich ging er doch hinüber zu den Nasrallahs, klingelte, Frau Nasrallah kam an die Tür: »Mein Mann wartet schon auf Sie, Herr Rothe.« Es war viel leichter, als Bernd befürchtet hatte. Herr Nasrallah hörte ihm aufmerksam zu, nickte dann und wann zustimmend, und schließlich sagte er, daß Bernds Argumente ihn überzeugt hätten und er von einer Anzeige absehen werde. Sie redeten dann noch über andere Dinge, über die Operation, der die Tochter Venus sich unterziehen müsse und deretwegen Frau Nasrallah sich große Sorgen mache, obwohl es, genau besehen, eher eine Routineangelegenheit sei. Fast zwei Stunden saßen sie beieinander, tranken Kaffee aus zierlichen grünen Tassen mit goldenem Rand und redeten über dies und das. Als Bernd sich schließlich verabschiedete, war er fest davon überzeugt, alle Mißverständnisse ausgeräumt zu haben.

Aber am nächsten Tag in der Mittagspause, Bernd und ich hatten gerade bei Alfred unsere Bockwurst verzehrt, kam Joschi Andacht auf uns zu, wie immer leicht außer Atem, legte gleich los. Der Nasrallah, sagte er, sei am Vormittag in der Redaktion aufgetaucht. Mit seiner Tochter. Habe seinen Chef sprechen wollen. Aber Grundmann sei nicht da gewesen. Da habe er ihm, Joschi, die Zeitung von gestern auf den Tisch geknallt. Ob er sich vorstellen könne, wie einem alten Mann zumute sei, wenn er ein solches Foto in der Zeitung sehe? Er habe zunächst gar nicht begriffen, was der meinte, sagte Joschi, aber dann habe Nasrallah einen Kugelschreiber von seinem Schreibtisch genommen und auf den Rand der

Zeitung in großen Blockbuchstaben geschrieben: NASRALLAH. Das H am Ende und nicht in der Mitte.

Ihm seien in seinem langen Leben schon viele Demütigungen zugefügt worden, habe Herr Nasrallah gesagt, aber so etwas noch nicht. Er, seine Frau und seine Tochter hätten ein Recht darauf, daß der Name der Familie nicht in den Dreck gezogen werde. Er verlange, daß sein Brief an den Vorsitzenden des TSV in der Zeitung abgedruckt werde. In voller Länge. Währenddessen habe die Tochter die ganze Zeit im Rollstuhl dabeigestanden und so erbärmlich geschluchzt, daß die Redaktionssekretärin, Frau Beil, schließlich auch noch zu weinen angefangen habe. Da habe er, Joschi, sich den Brief geben lassen und gesagt, er werde sehen, was er tun könne. Nur um die beiden wieder loszuwerden.

»Und? Was wirst du tun?«

»Tja, das weiß ich auch nicht«, sagte Joschi. »Den Brief können wir jedenfalls auf keinen Fall abdrucken. Der Nasrallah behauptet darin, gewisse Leute beim TSV hätten es darauf abgesehen, ihn geschäftlich zu ruinieren, indem sie ihn lächerlich machten. Er nennt sogar ein Vorstandsmitglied bei Namen, Wagner. Der sei Abteilungsleiter bei *Bode und Henrich* und versuche schon seit Jahren, wahrscheinlich im Auftrag seines Chefs, ihn als lästigen Konkurrenten auszuschalten. Dieser Wagner und seine Frau seien es auch gewesen, die seinerzeit das Gerücht verbreitet hätten, Nasrallahs Teppiche würden in Kinderarbeit hergestellt. Steht alles so in dem Brief. So etwas können wir doch nicht drucken.«

»Hat er den Brief schon abgeschickt?« fragte Bernd.

»Weiß ich nicht«, sagte Joschi. »Ich weiß nur, daß der morgen oder übermorgen wieder in die Redaktion kommt und fragt, wann wir denn nun eigentlich den Brief abdrukken. Und der Grundmann ist nicht da. Also hab ich ihn am Hals.«

Bernd ist dann gleich rauf in sein Büro, hat sich für eine Stunde abgemeldet und ist zu Nasrallahs Laden gegangen, um noch einmal mit dem alten Herrn zu reden. Er sei sicher, daß es sich da um ein Versehen und nicht um böse Absicht handele. Außerdem seien die Trikots mit dem falschen Aufdruck ja gleich eingezogen worden, nachdem der Fehler entdeckt worden sei. Noch in dieser Woche, das habe ihm der Vorsitzende des TSV zugesichert, würden neue beschafft und mit dem richtigen Namen bedruckt werden.

Sie saßen in dem kleinen Büro hinter Herrn Nasrallahs Laden und tranken Kaffee aus zierlichen grünen Tassen mit Goldrand. Herr Nasrallah war freundlich, hörte sich alles ruhig an, was Bernd zu sagen hatte. Und dann sagte er, daß auch er mit Herrn Quabben, dem Vorsitzenden des TSV, gesprochen habe – ein Ehrenmann! – und daß für ihn die Sache damit erledigt sei. Nur den Brief, den habe er abschikken müssen. Das sei er der Ehre seiner Familie schuldig gewesen, weil dieser Wagner und seine Frau …

Bernd gab auf. Warum zum Teufel sollte er sich weiter in Angelegenheiten einmischen, die ihn im Grunde gar nichts angingen?

»Ich versteh das nicht«, sagte Bernd. »Ein so freundlicher und vernünftiger Mensch!«

»Natürlich verstehst du das nicht«, sagte Manne. »Das sind Orientalen, die haben ein ganz anderes Ehrgefühl als wir. Das können wir gar nicht verstehen.«

»Aber du sagst doch, daß er Argumenten gegenüber durchaus aufgeschlossen ist«, sagte ich.

»Ist er auch«, sagte Bernd. »Nur wenn es um diesen Wagner und seine Frau geht, dann ist ihm nicht beizukommen.«

Vierzehn Tage lang passierte gar nichts weiter, außer daß die Zeitung noch einmal ein Bild der ersten Mannschaft des

TSV brachte, wieder eine Reihe kniend, eine zweite dahinter stehend, aber diesmal mit dem richtigen Aufdruck auf den Trikots und der Bildunterschrift: *Gelungener Saisonstart in neuen Trikots.* Als Bernd an diesem Tag vom Amtsgericht heimkam, fing ihn Herr Nasrallah vor der Haustür ab, schwenkte die Zeitung in der Hand. »Haben Sie es schon gesehen?« rief er Bernd entgegen. Bernd schaute sich das Bild an, grinste: »Na, dann ist ja alles in Ordnung, Herr Nasrallah.«

»Noch nicht ganz«, sagte Herr Nasrallah und lächelte geheimnisvoll. Er bat Bernd einen Augenblick zu warten, ging ins Haus und kam gleich darauf mit einem Paket wieder heraus.

»Für Sie, weil Sie mir so wertvollen Rat gegeben haben.«

Er war schon wieder weg, bevor Bernd überhaupt danke sagen konnte. Bernd trug das Paket nach Haus, öffnete es, und zum Vorschein kam ein kunstvoll gewebter Teppich.

»Das ist ein Kelim«, sagte Barbara, »ein echter. Weißt du, was so was kostet?«

Bernd hatte keine Ahnung.

»Zweitausend Euro mindestens«, sagte Barbara. »Wenn nicht dreitausend.«

»Und was machen wir jetzt damit?«

»Behalten«, sagte Barbara. »Oder willst du riskieren, daß der wieder tödlich beleidigt ist, weil du sein Geschenk zurückweist?«

Das wollte Bernd nicht, darum kam der Kelim zunächst ins Schlafzimmer und dann, weil Barbara ihn für den Fußboden zu schade fand, an die Wohnzimmerwand über der Couch. Dort sahen ihn die Nasrallahs, als sie eines Sonntags zu dritt zum Kaffee erschienen. Es war ein ausgesprochen vergnüglicher Nachmittag, Herr und Frau Nasrallah erzählten von früher, als man in der besseren Gesellschaft von Beirut noch Französisch gesprochen und die Stadt zu Recht den Beinamen *Paris des Orients* getragen habe, die Tochter Venus entpuppte sich als viel weniger schüchtern, als es zunächst den Anschein gehabt hatte, und Bernd und Barbara fanden ihre neuen Nachbarn »wirklich reizend«.

So erzählte es Barbara ihren Freundinnen am nächsten Samstag bei Elkes Kaffeerunde: Wirklich reizende Leute seien das, diese Nasrallahs. Und ob die anderen eigentlich wüßten, was der Name Nasrallah bedeute? Natürlich wußten sie es nicht. »Hilfe oder Beistand Gottes«, sagte Barbara. Und deswegen, habe Herr Nasrallah gesagt, sei es für ihn schwer zu ertragen, wenn der Name falsch geschrieben werde. Das sei dann fast so etwas wie Gotteslästerung. »Mein Gott!« sagte Rita. »Da kann man ja gar nicht vorsichtig genug sein.«

Aber dann drei Tage später: Barbara sieht auf dem Bürgersteig Frau Nasrallah auf sich zukommen, sie winkt, lacht ihr von weitem entgegen, Frau Nasrallah erstarrt, wechselt die Straßenseite und geht schnellen Schritts und mit abgewandtem Gesicht an Barbara vorüber. Barbara ist bestürzt. Sie ruft Bernd im Büro an. Der kann sich das Verhalten von Frau Nasrallah auch nicht erklären. Zwei Tage später, Sonntagmorgen, ein ähnlicher Zwischenfall: Herr Nasrallah schiebt seine Tochter im Rollstuhl aus dem Vorgarten auf die Straße. Als er Bernd und Barbara sieht, die gerade ins Auto steigen wollen, macht er abrupt kehrt, schiebt den Rollstuhl zurück ins Haus, schließt hastig die Tür.

Bernd und Barbara rätselten, was der Grund für die plötzliche Wandlung im Verhalten der Nasrallahs sein könnte: Haben sie irgendeine Bemerkung gemacht, die als Beleidigung aufgefaßt werden konnte? Haben sie etwas übersehen, was sie hätten zur Kenntnis nehmen sollen? Haben sie irgend etwas getan oder unterlassen, das die Nasrallahs in ihrer Ehre gekränkt hat?

»Du hast manchmal solch einen ironischen Ton«, sagte Barbara zu Bernd. »Vielleicht hast du eine Bemerkung gemacht, die sie falsch verstanden haben.«

»Ich? Du wirfst mir doch immer vor, daß ich zu konziliant sei. *Du* bist immer so *direkt*. Wahrscheinlich hast du wieder mal eine deiner bissigen Wahrheiten von dir gegeben.«

Bernd und Barbara stritten sich, so heftig und so lange stritten sie, daß der Anlaß darüber fast in Vergessenheit geriet. Bis eines Abends Bernd den Kelim von der Wand riß und sagte: »Jetzt geht der zurück. Ich habe keine Lust, jedes Mal, wenn ich den sehe, zu denken: Was hast du falsch gemacht?« Aber dann lag der Kelim eine geschlagene Woche lang zusammengerollt auf der Kommode im Flur, weil Bernd doch nicht den Mut fand, ihn über die Straße zu den Nasrallahs zurückzubringen. Schließlich landete er in einer Ecke im Kleiderschrank und wurde vergessen.

Vor einiger Zeit hat ihn Bernd dort wiederentdeckt, als er seine Schuhspanner suchte. Und als abends Elke und ich zu ihnen kamen, um über unsere gemeinsamen Urlaubspläne zu sprechen, da haben sie die ganze Geschichte noch einmal in allen Einzelheiten erzählt, obwohl wir das meiste ja schon wußten.

»Das Schlimmste«, sagte Bernd, »ist, daß wir bis heute keine Ahnung haben, was wir denen denn nun angetan haben. Das ist so wie früher im Konfirmandenunterricht, wo sie einem auch immer wegen der begangenen Sünden ein schlechtes Gewissen gemacht haben, und du hast nie genau rausgekriegt, was sie eigentlich meinten.«

»Und wenn ihr mal mit denen redet? Einfach mal fragt, was denn nun eigentlich los ist?« sagte Elke.

»Hab ich versucht«, sagte Barbara. »Sie hat mich durchs

Küchenfenster kommen sehen und hat einfach nicht aufgemacht, als ich klingelte.«

Wir haben dann noch ein wenig über unsere Urlaubspläne gesprochen. Italien? Spanien? Dänemark?

»Warum nicht mal nach Polen?« sagte Barbara. »Oder an die Kurische Nehrung.«

Bernd war merkwürdig wortkarg, und am Ende hatten wir uns auf nichts geeinigt, außer daß wir noch einmal darüber reden müßten.

»Augenblick noch« sagte Bernd, als Elke und ich schon in der Tür standen. Und dann kam er die Treppe herunter mit dem aufgerollten Kelim unter dem Arm.

»Hier«, sagte Bernd. »Schenk ich euch. Ihr könnt so was besser gebrauchen als wir.«

Er rollte ihn vor uns im Flur aus. Es war wirklich ein schönes Stück.

»Was kostet denn so was?« fragte ich.

»Keine Ahnung«, sagte Barbara.

Elke sah mich an, dann Barbara und Bernd. Schließlich sagte sie: »Wenn ihr den partout nicht haben wollt … Meine Schwester hat demnächst Geburtstag, die liebt so was. Und wenn er bei der ist, dann kriegt ihr ihn auch bestimmt nicht mehr zu Gesicht.«

PETRA'S RANCH

Es ist noch gar nicht so lange her, da war Max, Ritas Mann, für ein halbes Jahr in Brasilien. In Santos baute seine Firma einen neuen Containerhafen.

»Wenn er Anfang Oktober zurückkommt«, sagte Rita, »machen wir erst mal vier Wochen Urlaub, irgendwo im Süden, wo es warm ist. Nur wir beide allein, ohne Kinder.«

Ich konnte mir zwar vorstellen, daß Max, wenn er zurückkam, erst mal die Nase voll haben würde vom Süden und viel lieber hierbliebe. Aber Rita hatte das so geplant, und wenn die was geplant hat, dann läßt sie sich nicht so leicht davon abbringen.

Elke und ich hatten versprochen, uns ein bißchen um ihre Kinder zu kümmern, wenn Max und Rita verreist wären. »Daß sie was zu essen kriegen, wenn sie aus der Schule kommen«, sagte Rita. »Alles andere schaffen sie schon alleine.« Karsten war gerade vierzehn geworden, ein eher introvertierter Junge, der sowieso am liebsten den ganzen Tag am Computer saß. Silvie wurde demnächst sechzehn. Silvie war das Problem. Seit Max in Brasilien sei, sagte Rita, laufe ihr das Kind aus dem Ruder.

Eines Abend kam ich nach Haus, da saß Rita bei uns in der Küche und erzählte die ganze Zeit von nichts anderem als von den Schwierigkeiten, die sie mit Silvie habe: daß die immer schlecht gelaunt sei, daß sie sie belüge, jeden Abend mit irgendwelchen Typen im *Oblomow* rumhänge, daß sie sich den Nabel habe piercen lassen, daß die Lehrer sich bei ihr beklagten, weil ihre Tochter so rotzfrech sei, daß sie im Unterricht einschlafe, seit Monaten nur noch schlechte Noten bekomme. Die Dinge halt, die gestreßte Mütter über ihre pubertierenden Töchter erzählen.

Aber als dann das Telefon klingelte und meine Frau einen Moment lang aus dem Zimmer war, sagte Rita plötzlich zu mir: »Red du doch mal mit Silvie!«

»Ich?? Warum fragst du nicht Elke, die kann so was.«

»Du bist ein Mann«, sagte Rita. »Ich glaub, was sie braucht, ist eine männliche Bezugsperson.«

Wörtlich so: eine männliche Bezugsperson. Wahrscheinlich hatte sie das direkt aus der Lebenshilfekolumne von *Brigitte*.

»Und Bernd?« sagte ich.

Aber da hatte sie ein unschlagbares Argument: »Bernd hat doch nun wirklich genug mit sich selbst zu tun.«

Natürlich wußte ich, was Rita von mir erwartete. Ich sollte Silvie die Vorzüge des gehobenen Dienstes verklickern. Daß es nichts Besseres gibt als die Beamtenlaufbahn und daß sie dafür mindestens die mittlere Reife, besser noch das Abitur braucht und sich deswegen gefälligst auf den Hosenboden … Aber soviel wußte ich nun auch von der Psyche von Sechzehnjährigen, daß das ein Kamikaze-Auftrag war.

»Rita, ich kenn doch die Silvie gar nicht gut genug«, sagte ich.

»Quatsch«, entgegnete sie. »Du kennst sie von Kindesbeinen an. Auf dich hört sie, weil du ein cooler Typ bist.«

»Was bin ich? Ein cooler Typ?«

»Ja, hat sie mal gesagt: Der Kalle ist ein cooler Typ.«

Das war nun allerdings etwas, das einen ins Grübeln bringen konnte. Ich ein cooler Typ! Was sollte ich dazu sagen? Ich war erst einmal sprachlos. Außerdem wußte ich aus Erfahrung, daß Rita, wenn sie sich etwas in den Kopf gesetzt hatte, davon sowieso nicht mehr abzubringen war.

»Ich kann doch nicht zu Silvie hingehen und sagen: Kind, hör mal zu, ich hab was mit dir zu bereden. Die hält mich doch für bekloppt«, sagte ich.

Für einen coolen Typen war das allerdings ein ziemlich schwaches Argument. Und deswegen sagte Rita auch nur, als wäre zwischen uns alles längst beschlossen: »Du machst das schon.«

Nun ist es gewiß nicht meine Art, auch noch in aussichtsloser Position stur auf meinem Standpunkt zu beharren. Nicht daß Rita mich überzeugt hätte. Aber irgendwie muß so ein Gespräch ja auch mal an ein Ende kommen. Und weil Rita von sich aus sicher immer weiter gebohrt hätte, sagte ich schließlich: »Gut, ich versuch's. Aber versprechen kann ich dir nichts.«

Tagelang zerbrach ich mir den Kopf, wie ich mit Silvie am unauffälligsten ins Gespräch kommen könnte. Aber mir fiel nichts ein. Dann rief Rita an: »Du hast doch nicht vergessen, was du mir versprochen hast?«

Ich hab ihr was versprochen! Hatte ich nicht ausdrücklich gesagt, daß ich ihr nichts versprechen könne?

»Nein«, sagte ich. »Hab ich nicht vergessen.«

Aber als sie aufgelegt hatte, sagte ich zu meiner Frau: »Kannst du mir sagen, wieso eigentlich ausgerechnet ich mit Silvie reden soll?«

»Ach, willst du dich jetzt drücken?« sagte sie. »Bei unseren Kindern hast du so was auch immer mir überlassen.«

»Bei unseren Kindern gab es solche Probleme nicht.«

»Hast du eine Ahnung! Da kann man mal sehen, wie wenig du dich um sie gekümmert hast.«

Es war aussichtslos. Ich ging durch die Terrassentür in den Garten. Ein herrlicher Frühsommertag, blauer Himmel, Sonne, ein leichter Wind. Verrückt müßte man sein, sich an einem solchen Tag mit den mißratenen Kindern anderer Leute zu befassen. Entschlossen öffnete ich die Tür zum Schuppen, um mir einen Liegestuhl zu holen. Ich hatte den Liegestuhl schon unter dem Arm und wollte mich gerade umdrehen, da traf es mich wie ein Blitz: das Motorrad! Eine Dreihunderter Zündapp, Baujahr 1966. In die Schweiz und nach Italien waren wir damit gefahren, Elke und ich, als wir uns gerade kennengelernt hatten. Und jetzt stand sie schon seit Jahren hier im Schuppen und verstaubte.

Ich sah das Motorrad, und auf einmal kam mir ein Gedanke, ein Gedanke, der im nachhinein vielleicht albern erscheinen mag, den ich aber in diesem Moment für ziemlich genial hielt. Jedenfalls brauchte ich das ganze Wochenende, um die Maschine wieder flottzumachen. Dann drehte ich eine Proberunde durch die Siedlung und rief Rita an.

»Warum nicht?« sagte Rita. »Hauptsache, du bringst sie zur Vernunft.«

So kam es, daß ich eines schönen warmen Sommerabends mit dem Motorrad vor dem Haus stand, Lederjacke an, Helm auf dem Kopf, den Motor ein paarmal aufheulen ließ, und um mich herum meine Frau, Rita, Karsten und Silvie und alle Nachbarn an den Fenstern.

»Wer kommt mit eine Runde drehen?« rief ich.

»Ich nicht«, sagte Elke.

»Ich auch nicht«, sagte Rita. »Das ist mehr was für die jungen Leute.«

»Klar«, sagte ich, und dann zu Silvie: »Und du? Wie ist es mit dir?«

»Ich fahr mit«, rief Karsten, noch ehe seine Schwester antworten konnte.

Das war nun aber so nicht vorgesehen. Rita wollte schon auf Karsten los, um ihn zurückzuhalten, und meine Frau sah mich mit einem Blick an, der nicht mißzuverstehen war: Tu doch was! Aber das wäre gar nicht nötig gewesen, denn ich hatte die Situation fest im Griff. Mit einer imperialen Geste, wie man sie sonst nur von römischen Kaisern kennt, stoppte ich Karsten, der drauf und dran war, hinten auf das Motorrad zu klettern, und sagte, ganz cooler Typ: »Ladies first, junger Mann.«

Silvie in Jeans und Turnschuhen, kriegte eine winddichte Jacke und einen Helm verpaßt, und los ging's. Sie schlang auch gleich die Arme um meine Taille, und wir fuhren am TSV-Platz vorbei, dann die Hamburger Straße entlang in östlicher Richtung zur Stadt hinaus.

»Dort hinten links«, schrie Silvie in mein Ohr.

Das war die Straße nach Düsternrade. Da wollte ich eigentlich nicht hin, aber im Grunde war es ja auch egal, wohin wir fuhren. Irgendwo in einem Gasthof würden wir Rast machen, ich würde sie zu einer Cola einladen und dann …

»Jetzt wieder links!« schrie Silvie.

Wir bogen auf eine schmale Straße ein, die durch einen lichten Föhrenwald führte. Silvie juchzte vor Freude, wie wir so durch ein Meer von grüngelbem Licht dahinglitten, die Luft warm und harzig, die Straße immer kerzengerade der Sonne entgegen.

»Da vorn rechts ab!« schrie Silvie, als wir eine ganze Weile immer geradeaus gefahren waren.

»Das ist ein Sandweg«, schrie ich zurück.

»Na und?«

Irgendwie hatte sie recht. Was ist schon ein Sandweg für eine Dreihunderter Zündapp? Ich bog ein, wir fuhren einen sanften Hügel hinauf durch den Wald, die freiliegenden Baumwurzeln rüttelten uns durch, dann machte der Weg eine Rechtskurve, der Wald war zu Ende, und vor uns lag im Sonnenlicht ein alter, ziemlich verfallener Bauernhof. Auf dem Koppelzaun daneben drei junge Leute in Jeans und Stiefeln, Texas-Hüte auf dem Kopf. Petra's Ranch stand auf einer Tafel über dem großen Rundtor am Giebel des Hauses.

»Wir sind da«, sagte Silvie, als ich anhielt und mich irritiert umsah. Sie sprang ab, ich bockte die Maschine auf.

»Das sind Mark, Ricky und Flo.«

Silvie zeigte auf die drei Jungen auf dem Zaun. Die drei hoben die rechte Hand bis zur Hüfthöhe und sagten: »Hi!«

»Ich bin der Kalle«, sagte ich.

»Das ist hier ein Western-Club«, sagte Silvie. »Lauter nette Leute eigentlich. Die drei hab ich neulich im *Oblomow* kennengelernt.«

»Und was machen die hier so?«

»Och, im Augenblick nichts weiter«, sagte sie. «Quatschen, ein Bier trinken.«

»Haben die denn keine Pferde? Ich mein, ein Western-Club ohne Pferde ...«

»Das kommt noch«, sagte Silvie. »Das ist alles noch im Aufbau hier.«

»Und wer ist Petra?« fragte ich, auf die Tafel über dem Tor zeigend.

»Das ist die Frau vom Chef. Die ist wahnsinnig nett. Aber die ist nur am Wochenende hier.«

In diesem Moment kam ein junger Kerl auf uns zu, den ich bisher gar nicht gesehen hatte, Hemd bis zum Bauchnabel offen, auf dem kahlgeschorenen Kopf ein blaukariertes Taschentuch mit Knoten an den Ecken. Schien nicht mehr ganz nüchtern zu sein.

»Hast 'ne steile Braut«, sagte er zu mir.

»Verpiß dich!« fauchte Silvie ihn an. Aber er ließ sich nicht beirren.

»Nee, wirklich 'ne echt steile Braut! Wo hast du die her, Mann?«

»Das ist nicht meine Braut. Das ist die Tochter einer Nachbarin«, sagte ich.

»Klar doch. Warum in die Ferne schweifen? Ich hol mir meine Bräute auch immer aus der Nachbarschaft.«

Der Kerl sah ziemlich kompakt aus, und ich neige normalerweise nicht zum Heldentum. Aber jetzt hörte ich mich auf einmal sagen: »Hast du nicht gehört, was sie gesagt hat? Du sollst dich verpissen!« Einfach so, ohne zu überlegen. Das hatte er offenbar nicht erwartet. Einen Augenblick stand er da mit einem so blöden Gesichtsausdruck, daß ich unwillkürlich grinsen mußte. Und als nun auch noch die drei Cowboys von ihrem Zaun heruntierglitten und langsam näher kamen, machte er eine wegwerfende Handbewegung, murmelte etwas vor sich hin, was wie »Arschloch« klang, und ging in den Schatten der Eiche zurück, von wo er gekommen war.

Wir haben uns dann noch ein bißchen mit Mark, Ricky und Flo unterhalten. In der nächsten Woche, sagten sie, solle es losgehen mit dem Ausbau. Erst komme die Scheune dran, dann das Haus. Die Pläne habe ein Architekt gemacht, den Petra an Land gezogen habe. Alles andere müßten sie selbst machen, zusammen mit den anderen in ihrer Gruppe. Es werde wohl zwei, wenn nicht drei Jahre dauern, bis alles fertig sei. Aber dann hätten sie hier einen Veranstaltungsraum, Zimmer zum Übernachten, eine Küche und einen richtigen Western Saloon, und wenn dann noch die Pferde dazukämen …

Auf dem Rückweg sind wir dann doch noch kurz eingekehrt. Silvie hat eine Cola getrunken und ich ein Bier, und sie hat mir erzählt, daß der Junge mit dem Taschentuch auf dem Kopf immer Ärger mache, vor allem wenn er was getrunken habe. Im Grunde, sagte sie, könne der einem aber nur leid tun. Der wisse einfach nichts mit seinem Leben anzufangen. Hänge seit Jahren nur rum, habe die Schule geschmissen, die Lehre auch, und jetzt stehe er da ohne Arbeit, ohne Perspektive.

»Ja, und wie soll das weitergehen?« fragte ich.

»Petra und ihr Mann sind Sozialarbeiter«, sagte Silvie. »Wenn die Petra am Wochenende da ist, kümmert sie sich um ihn. Dann ist der ganz anders. Wenn erst mal die Finanzierung des Projekts steht und die Pferde da sind, sagt Petra, dann soll er so was wie Stallmeister werden. Dann hat er eine Aufgabe. Dann braucht er auch nicht mehr zu saufen und Streit anzufangen.«

»Und du?« fragte ich Silvie. »Was ist deine Aufgabe?«

»Ich werde beim Ausbau helfen und später vielleicht im Saloon bedienen. Zunächst natürlich nur am Wochenende. Solange ich noch zur Schule gehe.«

»Natürlich«, sagte ich.

Und dann sagte sie noch: »Weißt du, was ich an dir mag? Daß man mit dir über solche Sachen reden kann, ohne daß du einem gleich die Ohren vollsust, daß das doch alles gar nicht funktionieren kann, daß ich an die Zukunft denken soll, daß der öffentliche Dienst das einzig Wahre ist und so weiter.«

Später am Abend kam Rita noch kurz rüber zu uns.

»Na?« fragte sie mich. »Hast du mir ihr reden können?«

»Ja«, sagte ich.

»Und?«

»Was und?«

»Na, hast du ihr ordentlich die Leviten gelesen?«

»Wir haben uns prima unterhalten«, sagte ich. »Ist ein ganz feines Mädchen, deine Silvie. Um die brauchst du dir keine Sorgen zu machen.«

HOCHZEITSTAG

Gaddum heißt das Viertel am Stichkanal. Obwohl es schon mehr als hundert Jahre zu Vresen gehört, ist es eigentlich ein Dorf oder ein Städtchen für sich. Jedenfalls sehen das die Gaddumer so. Die haben ihren eigenen Fußballverein, ihren eigenen Männerchor, ihr Fischerfest und ihren Weihnachtsmarkt, und im Stadtrat stimmen sie über alle Parteigrenzen hinweg so gut wie immer geschlossen ab.

Als ich Kind war, war ich häufig in Gaddum, weil meine Großeltern dort wohnten. Nach der Schule ging ich immer zu ihnen, aß dort zu Mittag, machte meine Schularbeiten, spielte mit den Nachbarskindern, bis meine Mutter von der Arbeit kam und mich abholte. In Gaddum sieht es auch heute noch genauso aus wie damals: die düsteren Speicherhäuser am Kanal, das holprige Pflaster auf dem Fischmarkt, die engen Gassen und geduckten Häuser um die Kirche herum. Nur daß in der Kirche sonntags nicht mehr so viele Leute sind wie damals, als ich manchmal mit meinen Großeltern zum Gottesdienst ging und Großvater vor lauter Gottesfurcht so schrecklich laut und falsch sang.

Als meine Frau und ich neulich von einem Besuch bei ihrer Schwester früher als erwartet zurückkamen, weil Elke sich wieder mal mit ihrem Schwager in die Wolle gekriegt hatte, sagte ich: »Wir könnten eigentlich genausogut über Gaddum fahren.«

»Das ist ein Umweg«, sagte meine Frau.

»Na, und?« sagte ich. »Bloß mal kurz gucken. Ich bin da so lange nicht mehr gewesen.«

Ich bog also von der Hauptstraße ab, fuhr über den Damm durch die Wiesen direkt auf die Brücke und das alte Fischtor zu.

»Was willst du denn in Gaddum?« fragte meine Frau.

»Nichts«, antwortete ich. »Bloß mal gucken.«

Und schon holperten wir über das Pflaster am Fischmarkt, ich stellte den Wagen ab.

»Komm!« sagte ich. »Ich zeig dir, wo meine Großeltern gewohnt haben.«

Elke schaute mich einigermaßen entgeistert an. »Sag mal! Weißt du nicht mehr, daß du mir das alles schon mal gezeigt hast?«

Stimmt. Vor vielen Jahren war ich schon mal mit ihr hier gewesen. Hatte ich für einen Moment tatsächlich vergessen.

»Ja, klar!« sagte ich. »Klar weiß ich das. Aber wir können uns das Haus doch noch einmal anschauen, oder? Möchte mal sehen, was inzwischen daraus geworden ist.«

Wir gingen um zwei Ecken, dann in einer schmalen Straße: das Haus meiner Großeltern. Es sah genauso aus wie alle anderen in der Straße. Es hatte sich nicht verändert. Nichts war daraus geworden. Was hätte denn wohl auch daraus werden sollen? Nur das Messingschild mit der Aufschrift ›Sinus Consulting‹ war neu. Ich stand vor dem Haus und hatte plötzlich nicht die geringste Ahnung, was ich hier wollte.

»Und?« sagte Elke. »Was nun?«

Das wußte ich auch nicht, und weil mir im Augenblick nichts Besseres einfiel, sagte ich: »Komm! Wir gehen rüber zum Kirchplatz und trinken einen Kaffee im *Café Dahlmann*.«

Aber das *Café Dahlmann* gab es nicht mehr. Das hieß jetzt *Dolomiti* und war mehr Eisdiele als Café und außerdem der Treffpunkt der jungen Leute von Gaddum.

»Hier?« Meine Frau sah mich skeptisch an.

»Warum nicht?« sagte ich. »Ist ja nur für ein paar Minuten.«

Wir saßen auf Plastikstühlen an einem der runden Plastiktische, Elke trank einen Cappuccino, ich einen doppelten Espresso, und plötzlich sagte sie: »Weißt du eigentlich, daß heute unser Hochzeitstag ist?«

Mir fiel fast die Tasse aus der Hand.

»Unser dreißigster«, sagte Elke.

»Scheiße!« sagte ich. »Das hab ich doch glatt vergessen.«

»Und ich dachte schon ... Weil du unbedingt hierher nach Gaddum wolltest ...«

»Wieso? Was hat denn das mit Gaddum zu tun?«

»Als du mir das letzte Mal das Haus deiner Großeltern gezeigt hast, da war auch unser Hochzeitstag. Der sechzehnte.«

Kapitulation. Ich schwenkte die weiße Fahne. Bedingungslose Kapitulation. Ich beugte mich vor, hielt ihr die Kehle hin, aber statt zuzubeißen, gab sie mir einen Kuß.

»Du bist und bleibst ein Trampel«, sagte sie.

Es war kein Vorwurf, mehr eine Feststellung. Ich saß da, grinste verlegen, zuckte mit den Achseln, widersprach nicht. Als ich sicher war, daß von ihrer Seite erst mal nichts weiter kommen würde, winkte ich dem Kellner.

»Prosecco«, sagte ich.

»Flasche? Glas?« fragte der Kellner.

»Eine Flasche.«

Es wäre falsch zu sagen, ich hätte keinen Sinn für so was: Geburtstage, Hochzeitstage, Feste generell. Im Gegenteil, wenn es was zu feiern gibt, bin ich meist sofort dabei. Und trotzdem passiert es mir immer wieder, daß ich Geburtstage und Hochzeitstage vergesse. Überhaupt, im richtigen Moment das Richtige zu tun, zu wissen, was wichtig und was unwichtig ist, was man in welcher Situation sagt und was nicht, das fällt mir schwer. Und manchmal passiert es mir dann eben, daß ich meinen eigenen Hochzeitstag vergesse. Den dreißigsten!

»Prost!« sagte ich, als der Kellner eingeschenkt und die Flasche in den Plastikkühler zurückgestellt hatte. »Auf dich!«

»Auf uns!« antwortete Elke. »Auf die dreißig Jahre!«

Sie war mir nicht mehr böse. Jedenfalls nicht sehr. In dreißig Jahren kann man offenbar sogar lernen, sich mit einem Trampel wie mir abzufinden.

»Ich bin ein hoffnungsloser Fall«, sagte ich.

»Ja«, sagte sie. »Das bist du.«

Weil wir uns in diesem Punkt einig waren, gab es keinen Grund, darüber weitere Worte zu verlieren. Also leitete ich vorsichtig zu einem anderen Thema über.

»Hast du dir denn nun schon mal überlegt«, sagte ich, »was wir im Sommer machen?«

»Im Urlaub, meinst du?«

»Ja«, sagte ich.

»Rita und Max fahren wieder nach Santo Domingo.«

»Im Oktober«, sagte ich. »Im Juli ist es da viel zu heiß.«

Ich goß Prosecco nach, Elke nippte an ihrem Glas, und dann sagte sie plötzlich: »Südtirol.«

Vor dreißig Jahren waren wir einmal dort gewesen, mit meiner Zündapp. Über den Brenner und dann auf der alten Höhenstraße von Dorf zu Dorf und von Ansitz zu Ansitz. Und abends immer weinselig ins Bett.

»In Südtirol hast du alles: Sonne, Berge, frische Luft«, sagte sie.

»Und Bernd und Barbara? Wir wollten doch in diesem Jahr mit ihnen zusammen in Urlaub fahren.«

Das hätte ich besser nicht sagen sollen. Ich merkte sofort, wie sich ihre eben noch hellen Augen verdunkelten. Krebs ist für meine Frau ein Panikthema.

»Das sehen wir dann schon«, sagte sie tapfer.

Wir lieben nichts so sehr wie Urlaubspläne machen, Elke und ich. Wir saßen im *Dolomiti*, draußen trübes Märzlicht, drinnen die gleißende Helle der Neonröhren. Ich hatte den Shell-Atlas aus dem Auto geholt und entwarf eine Wanderroute von Brixen bis auf den Ritten, das ganze in drei Wochen, Tagestouren von maximal fünfzehn Kilometern, Übernachten in kleinen Gasthäusern, gutes Essen, guter Wein.

»Oder nicht zum Ritten, sondern ins Grödnertal«, sagte ich.

»Hauptsache«, sagte Elke, »ich hab am Abend eine Terrasse, von der ich weit ins Tal blicken kann, und ein Glas Wein und was Gutes zum Essen.«

Essen. Das war das Stichwort. Auf einmal merkte ich, daß ich richtig Hunger hatte. Am Fischmarkt verstaute ich den Atlas im Auto und wir gingen über den Platz zu den *Fischerstuben*. »Das leisten wir uns einfach mal. Zur Feier des Tages«, sagte ich. Aber als wir eintraten, sah ich gleich, daß alle Tische besetzt waren. Außerdem schienen wir nicht gerade willkommen zu sein. Die Blicke jedenfalls, mit denen uns die Gäste musterten, waren nicht besonders einladend.

»Gaddumer«, flüsterte ich.

Waren aber natürlich keine Gaddumer. Die gehen in die *Alte Schleuse* oder zu *Bohlmann*. Die Gäste der *Fischerstuben* kommen so gut wie alle von auswärts, manche von Bremen oder sogar von Hamburg, weil man hier angeblich ausgezeichnet ißt. Aber sie benehmen sich genauso, wie es die Vresener seit je von den Gaddumern erwarten.

»Bloß raus hier!« sagte Elke so laut, daß der Wirt hinter der Theke den Kopf hob und argwöhnisch zu uns herübersah.

Wir sind dann zu Giulio gefahren.

»Heute mal keine Bockwurst, eh?« begrüßte er mich, half Elke aus dem Mantel, rückte ihr den Stuhl zurecht.

»Heute«, sagte ich, »soll es was Besonderes sein. Ein Hochzeitsessen.«

»Ein Hochzeitsessen.« Giulio sah mich prüfend an. Dann hellte sich sein Gesicht auf einmal auf: »Verstehe. Hochzeitsessen.«

Was wir dann bekamen, war ein achtgängiges Menü, von dem Giulio behauptete, daß seine Mama es Gang für Gang so bei seiner eigenen Hochzeit bereitet habe. Und Rotwein und Grappa und Kaffee. Als wir später im Bett nebeneinanderlagen, Elke jetzt mit dem Rücken zu mir, auf meinen sich langsam beruhigenden Atem horchend, da sagte sie in die Dunkelheit hinein: »Sag mal, wenn man dreißig Jahre verheiratet ist, gibt es da einen Namen für? Ich meine wie Silberhochzeit oder Goldene Hochzeit ...«

»Nee«, sagte ich. »Dreißig Jahre, das ist nichts Besonderes. Meinst du, sonst hätte ich das vergessen?«

Es gibt Momente in einer Ehe, da ist alles, wie es am Anfang war oder wie man sich den Anfang vorstellt, wenn man schon dreißig Jahre verheiratet ist: spielerisch leicht und aufregend neu und doch irgendwie ganz selbstverständlich. Elke antwortete nicht. Aber ich wußte genau, was sie in diesem Augenblick für ein Gesicht machte. Wenn man dreißig Jahre verheiratet ist, dann weiß man so was.

GELD II

Das größte Ereignis in der Geschichte der Stadt Vresen ist der Pokalsieg gegen Arminia Bielefeld Mitte der siebziger Jahre. Im Clubhaus des TSV hängt, gerahmt und unter Glas, ein ein Meter breites Foto von der Mannschaft, die das Wunder vollbrachte. Es gibt Ältere, die die Namen aller Spieler von damals kennen, die der eigenen und die der gegnerischen Mannschaft. Natürlich auch den Namen des Schiedsrichters, Pöhlmann, der dem TSV kurz vor Ende der ersten Halbzeit einen klaren Elfmeter verweigerte. Damals, heißt es, habe der TSV gegen zwölf Mann gespielt – und gewonnen. Aber die Zeiten sind lange vorbei.

Vor einiger Zeit sah es so aus, als würde in Vresen auf einmal alles anders werden. Michael T. Greven jedenfalls, so stand es in der Zeitung zu lesen, war der Meinung, daß hier in der Stadt ungeheure Potentiale brachlägen. Mit seiner Firma ›Vresen Invest G.m.b.H. & Co. KG‹ machte er sich daran, den Standort Vresen zu entwickeln. Zu diesem Zweck hatte er mit anderen Geschäftsleuten und lokalen Politikern das Forum ›Pro Vresen‹ gegründet. Der Stadtrat, die Gaddumer eingeschlossen, war damals ganz begeistert von dem Ideenreichtum und der Dynamik des aus dem Westfälischen stammenden Geschäftsmannes.

»Michael T. Greven«, sagte ich, als ich den Namen zum ersten Mal hörte. »Was heißt eigentlich das T.?«

Thomas, Theodor, Torsten, Tankred, Timon? Keiner wußte es. Nicht einmal Joschi Andacht, der sonst immer alles weiß. Er hieß immer nur Michael T. Greven. Und seit er in der Stadt aufgetaucht war, verbreitete sich hier ein anderer Geist, ein Geist von Abenteuer und Unternehmungslust.

»Wenn ich Geld hätte«, sagte Manne, »würde ich jetzt Aktien der IT-Branche kaufen.«

»Bist du verrückt?« entgegnete Bernd. »Das mit der New Economy ist doch vorbei. Die eine Hälfte ist pleite, und bei der anderen sind die Aktien tief im Keller.«

»Das ist es ja gerade«, sagte Manne. »Aktien kauft man, wenn sie im Keller sind. Denn dann gehen sie irgendwann wieder rauf. Verstehst du? Ich hab mit einem von der Kreissparkasse gesprochen, einem richtigen Fachmann. Der sagt: Gerade jetzt ist der richtige Moment, IT-Aktien zu kaufen, wo alles darniederliegt. Wenn ich Geld übrig hätte, ich wüßte, was ich täte. Was kann einem denn schon passieren? Weiter runter gehen können die doch gar nicht.«

Den ganzen Abend ging das so. Auch wir anderen ließen uns anstecken. »Wenn das stimmt, was der Manne sagt, dann sollte man vielleicht jetzt Telekom-Aktien kaufen«, hörte ich mich sagen. Und dann kam auch noch der dicke Mötenhoff an unseren Tisch und tönte: »Dieser Greven« – »Michael T. Greven«, unterbrach ihn Bernd –, »dieser Michael T. Greven ist ein Glücksfall für unsere Stadt. Endlich mal einer, der nicht nur redet, sondern zupackt und Probleme löst. Frischer Wind! Initiative!«

Mötenhoff saß seit ewigen Zeiten im Stadtrat. Das neue Technologiezentrum, sagte er, das der Michael T. Greven an der Straße nach Rastendorf plane, werde die Kreativität, von der es in Vresen natürlich auch nicht weniger gebe als anderswo, bündeln. »Synergie«, sagte er. »Kurze Wege. Clusterbildung. Wir alle, ich nehme mich da nicht aus, haben uns viel zu lange mit dem Zweitbesten begnügt.« Er als Mitglied des Stadtrats dürfe ja sein Insiderwissen nicht zum eigenen Vorteil nutzen. Aber wenn er ein normaler Bürger von Vresen wäre und hätte ein paar Euro beiseite gelegt, dann wüßte er, wo er einsteigen würde.

Das war Ende März. Ein gutes halbes Jahr später stand in der Zeitung, groß auf der ersten Seite: VRESEN INVEST AM ENDE. Der dynamische Michael T. Greven hatte sich nach Kanada abgesetzt, seine Firma war pleite, ein paar hundert Kleinanleger aus Vresen und Umgebung waren um ihre Ersparnisse gebracht.

»Geht doch nichts über das Beamtendasein«, sagte Bernd, als wir mittags bei Alfred unsere Bockwurst kauten. »Regelmäßiges Einkommen, gesicherte Pension.«

Alfred, der gerade einen anderen Kunden bediente, hob den Kopf: »Aber nur, solange wir kleinen Selbständigen mit unsern Steuern die Staatskasse füllen.«

Richtig giftig sagte er das. Schien nicht besonders guter Laune zu sein.

»Okay!« sagte ich. »Reg dich nicht auf. Der Greven jedenfalls hat meines Wissens nie einen Cent Steuern bezahlt.«

Und Bernd: »Versteh ich nicht, daß sich immer wieder welche finden, die so einem auf den Leim gehen!«

Da wußten wir noch nicht, was wir am Abend bei Karl erfuhren. Die Hella, die an jenem Abend Ende März, als der Mötenhoff an unseren Tisch gekommen war, auch dabei gewesen war, hatte zwar wie üblich nichts zum Gespräch beigetragen, aber offenbar interessiert zugehört. Denn gleich am nächsten Tag war sie zur Kreissparkasse gegangen und hatte ihre gesamten Ersparnisse in die ›Vresen Invest‹ gesteckt: zwölftausend Euro. Nicht einmal Manne hatte sie etwas davon gesagt. Und jetzt war das Geld weg, so gut wie keine Chance, einen Cent davon wiederzusehen.

Manne war verzweifelt, und weil er so verzweifelt war, schlang er sein Chili con carne herunter, als hätte er seit Tagen nichts gegessen. »Zwölftausend Euro«, seufzte er. »Wer konnte denn auch ahnen, daß die das ernst nimmt?« Auch der Lehrer Fries, hieß es, gehöre zu den Geschädigten. Und der Meergans habe, weil ihm selbst das Geld fehlte, seine Tante bequatscht, vierzigtausend Euro auf seinen Namen in Grevens Schwindelfirma zu investieren. Jetzt fanden sie alle sich auf der Versammlung der geschädigten Kleinanleger wieder, die Rechtsanwalt Bassen in *Petermanns Gasthof* einberufen hatte. Wenn Hella nachher noch komme, sagte Manne, sollten wir nett zu ihr sein. »Am besten kein Wort über die ganze Geschichte«, sagte er. »Sonst heult sie gleich wieder los.«

Aber als Hella kam, hatte sie Alfred im Schlepptau, und der fing, kaum daß er sein Bier bestellt hatte, von der Sache mit Greven an. Eine ungeheure Sauerei sei das, keinen Cent würden die Einleger zurückbekommen, weil zuerst die ausstehenden Löhne und Gehälter und die Forderungen der Handwerker bezahlt werden müßten. Die Konten der Firma seien leergeräumt. Wer weiß, wohin der Greven das ganze Geld verschoben habe.

»Ach du lieber Himmel!« sagte Manne.

Und Bernd zu Alfred: »Bist du etwa auch auf den Kerl reingefallen?« Alfred nickte.

»Viel?« fragte Bernd.

»Was heißt hier viel? Für mich sind fünftausend Euro viel.«

»Und da kann man gar nichts machen?« fragte ich.

»Höchstens, daß die Stadt oder das Land doch noch einspringt und die Firma übernimmt, weil die ja irgendwie mit drinstecken«, sagte Alfred. »Aber mehr als ein Almosen kriegen wir dann auch nicht.«

»Das werden wir schon sehen! So leicht kriegen die uns nicht klein!«

Das war Hella. Keine Rede davon, daß sie das Heulen anfing. Sie hätten auf der Versammlung beschlossen, berichtete sie, im Stadtrat einen Antrag einzubringen, daß die Stadt die Verluste der Einleger auszugleichen habe, weil das ja in gewisser Weise ein städtisches Projekt gewesen sei. Rechtsanwalt Bassen werde versuchen, den einen oder anderen im Stadtrat für die Sache zu gewinnen. Die juristischen Möglichkeiten seien ausgeschöpft, habe der Rechtsanwalt gesagt. Jetzt müsse die Sache politisch durchgefochten werden. Und da werde man ja mal sehen, wer die Interessen der kleinen Leute vertrete und wer nicht.

So hatten wir alle Hella noch nie gesehen. Auch Manne nicht. Der war plötzlich ganz kleinlaut.

»Und was macht ihr, wenn die im Stadtrat euern Antrag ablehnen?«

»Dann kriegen die bei der nächsten Wahl ihre Quittung«, sagte Hella kämpferisch.

Es mußte ganz schön zugegangen sein auf der Versammlung. Man merkte richtig, wie Hella noch unter Dampf stand.

»Du willst doch nicht etwa für den Stadtrat kandidieren, oder?« fragte ich.

»Warum nicht?« antwortete Hella. »Immer nur die Faust in der Tasche ballen, wie ihr es tut, das bringt jedenfalls nichts.«

Später, als Manne und Hella gegangen waren, saßen wir noch eine Weile zusammen, Bernd, Alfred und ich.

»Mann, war die in Fahrt!« sagte Bernd. »Wie so ein

Schlag auf den Kopf die Leute doch manchmal verändern kann!«

»Wenn das so weitergeht«, sagte ich, »wird sich der Manne ganz schön warm anziehen müssen.«

Und Alfred prophezeite: »Das sage ich euch: Wenn die kandidiert, dann wird die auch gewählt. Ihr hättet die mal auf der Versammlung hören sollen. Wie ein Racheengel!«

Soweit ist es dann aber doch nicht gekommen, weil Manne und Hella in dem Winter plötzlich geheiratet haben. Nach all den Jahren hatten sie es auf einmal ganz eilig. »Quatsch!« sagte meine Frau. »Die Hella ist nicht schwanger. Der Manne hat es nur mit der Angst zu tun gekriegt, daß sie ihm doch noch mal endgültig den Laufpaß gibt.«

»Die Hella?« sagte ich. »Die frißt doch dem Manne aus der Hand.«

»Da vertu dich mal nicht!« sagte Elke. »Die hat Haare auf den Zähnen. Die kann ganz gut auch ohne Manne, wenn es sein muß. Und das hat er jetzt gemerkt. Bei den Männern dauert es immer ein bißchen länger, bis der Groschen fällt. Aber wenn sie es begriffen haben, drehen sie meistens ganz schnell bei.«

Mannes und Hellas Hochzeit fand an einem Freitag statt. Vormittags um elf auf dem Standesamt, ab vier Uhr nachmittags in ihrer neuen gemeinsamen Wohnung an der Fuchsschanze. Als Trauzeugen hatten sie sich Alfred und Hellas Bruder Werner ausgesucht. Außerdem waren Bernd und Barbara, Rita, Elke und ich noch zur Feier eingeladen. Und Frau Beringer, Hellas Chefin aus der Parfümerie. Werner war als einziger von der Verwandtschaft erschienen. Mannes Eltern sind schon lange tot, und Geschwister hat er nicht. Und Hellas Eltern aus dem katholischen Cloppenburg nahmen ihr immer noch übel, daß sie so lange ohne Trauschein mit Manne zusammengelebt hatte.

Vielleicht ist es gerade deshalb das schönste Hochzeitsfest seit langem geworden. So ausgelassen habe ich Bernd jedenfalls seitdem nicht mehr gesehen. Nach dem Essen legte er die alten Rock-'n'-Roll-Platten auf, und wir tanzten wie die Achtzehnjährigen. Bernd immer mit Rita, so daß ich schon dachte, das könne Ärger geben, weil es da ja dieses Gerücht gab, daß zwischen Bernd und Rita mal was gelaufen sei, als Max vor ein paar Jahren in Rostock auf Montage war und immer nur am Wochenende nach Hause kam. Elke hatte mal so eine Andeutung gemacht. Aber Barbara war keinerlei Verstimmung anzumerken. Im Gegenteil, sie schien richtig erleichtert zu sein, daß Bernd sich so sehr amüsierte.

Erst um drei war Schluß. Da war Alfred schon gegangen und Manne und Hella hatten sich zurückgezogen. Auf dem Sofa saßen noch Werner und Hellas Chefin und warteten offenbar nur darauf, daß wir anderen sie endlich allein lassen würden. Wir haben dann unsere Autos stehenlassen und sind zu fünft quer durch die Stadt zu Fuß nach Haus gegangen, vorne Bernd mit Barbara rechts und Rita links am Arm, dahinter Elke und ich. Es war eine frostklare Nacht, und die Kälte prickelte angenehm im Gesicht. Als wir am Amtsgericht vorbeikamen, stoppte Bernd uns, stellte sich in Pose und hielt eine kleine Trauerrede. »Hier ruhen«, sagte er, auf das Gebäude zeigend, »die sterblichen Überreste einer hoffnungsfrohen Jugend. Möge das Beamtenrecht ihnen gnädig sein.« Wir lachten, weil er ein so komisch ernstes Gesicht machte. Aber so ganz sicher waren wir, glaube ich, alle nicht, wie das gemeint war.

BERNDS BLUES

»Dreh dich mal um!«

»Was? Wo?«

»Na, da hinten, zwei Tische weiter, die im hellen Kostüm. Ist das nicht Nana?«

»Tatsächlich!« sagte ich. »Das ist sie. Nana.«

»Sieht noch genauso aus wie früher«, sagte Bernd.

»Stimmt«, pflichtete ich ihm bei. »Bißchen älter geworden, aber sonst ...«

Bernd seufzte, starrte in seinen Cappuccino und war plötzlich ganz grüblerisch.

»Wie lang ist das jetzt her? Fünfundzwanzig, sechsundzwanzig Jahre?«

»Kann schon sein«, sagte ich. »Aber was heißt das schon? Bei mir ist alles noch viel länger her.«

Bernd grinste, aber ich merkte, daß er das nur mir zuliebe tat, und weil er gleich wieder so grüblerisch dreinschaute, sagte ich: »Willst du nicht rüber und ihr guten Tag sagen?«

»Bist du verrückt? So wie ich aussehe?« sagte er. »Die erkennt mich doch gar nicht wieder.«

Das war jetzt Bernds Thema: Mit der Pudelmütze seh ich aus wie ein Schauermann und ohne wie ein Skinhead in Pension. Bernd war ziemlich angeschlagen, seit sie bei ihm

Darmkrebs festgestellt hatten und er gleich bei der ersten Chemo so viele Haare verloren hatte, daß er sich den ganzen Kopf rasieren lassen mußte. Seit einigen Tagen blies er nur noch Trübsal, und weil er dringend mal auf andere Gedanken kommen mußte, saßen wir jetzt hier in der Fußgängerzone vor dem *Café Kabel* in der Nachmittagssonne und tranken einen Cappuccino. Und dann auf einmal zwei Tische weiter Nana neben einem älteren Herrn mit grauen Schläfen, der aussah wie dieser Kaffeeröster aus der Fernsehwerbung.

»War eine wilde Zeit damals«, sagte Bernd. »Und weißt du, was das Merkwürdige ist? Bis vor kurzem dachte ich immer, das kann mir keiner nehmen. Das gehört zu meinem Leben, egal, was sonst noch kommt. Aber jetzt denk ich manchmal, das war damals gar nicht ich, oder ich denke, so, wie ich jetzt lebe, das muß ein anderer sein. Verstehst du, was ich meine?«

»Du bist noch genau derselbe, der du damals warst«, sagte ich. »Du bist nur zur Zeit nicht gut drauf. Das gibt sich wieder.«

Das Schlimme war, Nana hat ihn tatsächlich nicht erkannt. Nach etwa zwanzig Minuten winkte der Kaffeeröster der Bedienung und Nana und er gingen direkt an unserem Tisch vorbei Richtung Alter Markt. Keine Regung in ihrem Gesicht, kein Heben der Augenbrauen. Nichts. Dabei waren Bernd und Nana in den Siebzigern Stadtmeister im Rock-´n-Roll gewesen. Irgendwo muß ich zu Haus noch einen Zeitungsausschnitt haben mit einem Foto von den beiden, wie der Kulturdezernent ihnen die Medaillen umhängt. War eigentlich schon nicht mehr die Zeit für Rock-'n'-Roll, aber damals gab es hier einen Verrückten, Palm hieß der, glaube ich, der Rock-'n'-Roll-Turniere organisierte, und Bernd und Nana räumten alle Preise ab.

»Siehste!« sagte Bernd. »Sie hat mich nicht wiedererkannt. Ist auch kein Wunder. Ich erkenn mich ja selber nicht wieder, wenn ich morgens in den Spiegel gucke.«

»Ich an deiner Stelle wäre einfach rübergegangen und hätte sie angesprochen.«

»Du! Du an meiner Stelle. Das möchte ich mal sehen, was du an meiner Stelle machen würdest. Du hast doch gar keine Ahnung ...«

Er brach ab, sagte nichts mehr, schaute nur noch finsterer drein.

»Wovon habe ich keine Ahnung?« fragte ich.

»Ach, laß mal!« sagte Bernd und brütete eine Weile schweigend vor sich hin, und als ich schon dachte, da kommt nichts mehr, da sagte er plötzlich: »Gestern abend hatten sie so einen smarten Jungunternehmer im Fernsehen, einen von der Sorte ›Sage mir, wo dich der Schuh drückt, und ich zieh dir das Fell über die Ohren‹. Und als der Talkmaster ihn fragt, ob er glücklich sei, weißt du, was der Kerl da antwortet? ... Ja! So, als wäre das das Mindeste, was man vom Leben verlangen kann. Ist das nicht komisch?«

Bernd und ich kannten uns von Kindesbeinen an. In der Schule war er drei Klassen unter mir. Richtig angefreundet haben wir uns aber erst später, als er im Amtsgericht anfing. Ich hab ihn ein bißchen unter meine Fittiche genommen, sonst hätte er die Probezeit nie überstanden, so aufmüpfig, wie der damals war. Und jeden Abend in die Diskothek nach Bremen oder Hamburg. Erst als er Barbara kennenlernte, wurde das schlagartig anders.

»Was schaust du dir auch so einen Scheiß im Fernsehen an«, sagte ich. »Komm lieber mal wieder mit zum Karl. Die fragen alle schon nach dir.«

»Wer fragt nach mir?«

»Na, Manne, Hella, Karl, Alfred, alle.«

»Und was antwortest du, wenn sie nach mir fragen?«

»Daß du jetzt eine schwere Zeit durchmachst. Daß das aber bald vorüber ist und du dann wieder der alte bist«, sagte ich.

Bernd sagte lange nichts. Dann schaute er mich an, als überlege er, ob er mir das sagen kann, was er jetzt sagen würde.

»Kalle, ich glaube, ich werde nie wieder der alte sein«, sagte er schließlich. »Und weißt du, warum? Weil ich es gar nicht will.«

So gut kannte ich Bernd inzwischen, daß ich wußte: jetzt waren wir an dem Punkt, wo der Spaß aufhörte.

»Was ist los?« sagte ich.

»Trinkst du einen Sambuca mit?« fragte er. »Einer kann ja nicht schaden.«

Als die Bedienung uns den Sambuca gebracht hatte und wir angestoßen hatten, sagte Bernd: »Weißt du, so eine Krankheit hat auch ihr Gutes. Du fängst automatisch an, über dein Leben nachzudenken. Kann ja sein, daß du es nicht mehr lange machst. Und dann fragst du dich, ob du dir das eigentlich so vorgestellt hast: praktisch das ganze Leben in derselben kleinen Stadt, mehr als die Hälfte am selben Schreibtisch, jeden Abend in dieselbe Kneipe, dieselben Gesichter, dieselben Gespräche. Natürlich, das ist auch schön, diese Regelmäßigkeit, die Arbeit, die Freunde und alles. Barbara sagt immer: Denk an die vielen Leute, die gar keine Arbeit haben oder die morgens zwei Stunden hin und abends zwei Stunden zurückfahren müssen. Weiß ich ja alles. Trotzdem, wenn ich mir vorstelle, daß es das jetzt gewesen sein soll …«

»He, he, he!« sagte ich. »Du bist aber ganz schön durch den Wind. Solche Gedanken darfst du gar nicht erst aufkommen lassen.«

»Ja, ja«, sagte er. »Hast ja recht. Es ist nur wegen dieser Scheißchemo. Ich dachte schon, ich hätte das jetzt hinter mir. Und jetzt muß ich da noch mal hin.«

»Wann?«

»In zwei Tagen«, sagte er. »Wenn ich Glück habe, ist es das letzte Mal. Wenn nicht…«

Er schwieg und kratzte mit dem Löffel den Zucker aus der Cappuccino-Tasse.

»Weißt du was?« sagte ich. »Wenn du das alles hier hinter dir hast, machen wir zwei eine Reise nach Italien. Nur du und ich. Und weißt du womit? Mit meiner Zündapp. Ich hab sie wieder hergerichtet. Ist wieder wie neu. Wir fahren einfach los Richtung Süden. Und wo es uns gefällt, bleiben wir. Solange es uns gefällt. Einfach immer der Nase nach. Was hältst du davon?«

»Ach, Kalle«, sagte Bernd. Er war tatsächlich ein bißchen gerührt. »Meinst du, deine Zündapp trägt zwei so alte Säcke wie uns?«

»Klar«, sag ich. »Wenn wir erst mal oben sitzen und uns der Wind um die Nase weht, werden wir von Minute zu Minute jünger.«

»Jaja.« Bernd grinste verlegen. »Mag schon sein, daß du recht hast. Aber erst muß ich mal die nächste Woche überstehen.«

»Klar«, sagte ich. »Das packst du schon. Du hast schon ganz andere Dinge geschafft. Wirst sehen, die kriegen dich wieder hin. Unkraut vergeht nicht.«

Das, was man so sagt, wenn man eigentlich nicht weiß, was man sagen soll. Von Barbara hatte ich erfahren, daß es gar nicht gut aussah. Bernd selbst sprach nicht darüber. Oder nur in Andeutungen. Aber in der Woche zuvor hatten sie bei ihm Metastasen in der Lunge festgestellt. Darum jetzt plötzlich noch eine dritte Chemo, obwohl es zunächst geheißen hatte, nach zweien sei erst mal Schluß.

»Weißt du, was das schlimmste ist an der Krankheit?« sagte Bernd. »Daß man immer nur mit sich selber beschäftigt ist. Du wachst morgens auf, und dein erster Gedanke ist, daß du übermorgen wieder zur Chemo mußt und daß sie diesmal die Dosis erhöhen werden und du dich noch beschissener fühlen wirst als beim letzten Mal. Und dann denkst du darüber nach, was nach der Chemo kommt, was ist, wenn sie bei der nächsten Untersuchung wieder was finden, wie du das aushalten sollst, wenn das kein Ende nimmt, und was dann kommt, wenn es ein Ende nimmt. Das geht den ganzen Tag so, und abends legst du dich ins Bett und kannst nicht einschlafen, weil die Gedanken einfach weiterlaufen. Dabei geht es Barbara viel schlechter als mir. Sie wirkt immer so patent, als könne sie nichts umwerfen, aber nachts höre ich sie im Schlaf sprechen, manchmal schreit sie und dann wacht sie auf und ist schweißgebadet. Ich weiß, daß sie Angst hat, sie könnten bei mir wieder was finden. Zu mir spricht sie nicht darüber, weil sie mich nicht damit belasten will. Aber ich weiß, daß es so ist.« Und dann nach einer Pause fügte er mit einem merkwürdigen Ton in der Stimme hinzu: »Könntet ihr euch ein bißchen um sie kümmern, du und Elke? Wenn ich im Krankenhaus bin, mein ich?«

»Ja, natürlich«, sagte ich. »Wir kümmern uns um sie. Mach dir darum keine Sorgen. Sieh du nur zu, daß du wieder gesund wirst!«

Ich hatte plötzlich einen Kloß im Hals, denn, was Bernd da sagte, klang nun doch fast so, als wolle er sein Haus bestellen. Dabei waren die Heilungschancen fünfzig Prozent. Sagten die Ärzte. Und wenn die Chemo nicht helfen sollte, könnten sie es immer noch mit dem Laser probieren.

»Das wird schon wieder«, sagte ich. »Du hast jetzt ein

kleines Tief. Aber das ist bald vorbei. Die eine Chemo noch, und dann geht es bergauf. Und denk dran: Wir haben noch was vor!«

Wir sind dann langsam nach Haus gegangen, weil es Zeit zum Abendessen wurde. Als wir uns vor seiner Gartentür verabschiedeten, sagte Bernd: »Gehst du heute abend zu Karl?«

»Glaub schon«, sagte ich. »Warum? Willst du mit?«

»Nee«, sagte Bernd. »Heute bin ich zu müde. Aber grüß die anderen mal von mir. War ja doch immer ganz nett. Weißt du, vielleicht ist das ja auch alles Quatsch, was ich dir erzählt hab: von wegen immer dieselben Gesichter, immer dieselben Gespräche. Vielleicht wünsche ich mir gar nichts anderes, als daß es einfach so weitergeht wie bisher. Einfach so weiter, verstehst du?«

»Klar«, sagte ich. »Wirst schon sehen, wenn du die Chemo erst mal hinter dir hast, wird alles wieder wie früher. Ganz sicher.«

ABSCHIED

Manchmal denke auch ich, daß Vresen ein ziemlich ödes Kaff ist. Fünfundzwanzigtausend Einwohner, wenn man all die eingemeindeten Dörfer dazurechnet, aber wenn die jungen Leute was erleben wollen, müssen sie bis nach Bremen oder Hamburg oder Hannover fahren. Und wer was im Kopf hat, der sucht nach der Schule sowieso das Weite. Gleich nach dem Krieg war das noch anders. Vresen war nicht zerstört, hier fand man eher eine Wohnung als in den großen Städten, und bei den Bauern ringsum, konnte man Kartoffeln, Speck und Eier kriegen, soviel man wollte, wenn man etwas zum Tauschen hatte. Damals zogen meine Eltern von Bremen hierher, wo die Eltern meiner Mutter wohnten. Sogar ein ukrainischer Schachgroßmeister lebte damals ein paar Jahre in der Stadt.

Als ich mit der Schule fertig war, habe auch ich daran gedacht, von hier wegzuziehen. Aber irgendwie hat es sich nicht ergeben. Vielleicht hängt man doch zu sehr an dem Ort, an dem man groß geworden ist, wo man die Leute kennt, ihre Gewohnheiten, ihre Geschichten. Vielleicht bin ich auch einfach nicht der Typ, der weggeht, alles hinter sich läßt, um etwas Neues auszuprobieren. Und als wir heirateten, Elke und ich, und die Kinder geboren wurden, da wäre es sowieso nicht mehr gegangen. Jetzt ist das anders, im Prinzip jedenfalls. Jetzt, da die Kinder aus dem Haus sind, denke ich manchmal, daß man noch mal was Neues machen müßte. Aber jetzt sind die Zeiten nicht danach. Jetzt kann man froh sein, wenn man sein Auskommen hat.

Der alte Barsfeld, der bis vor kurzem neben Bernd und Barbara wohnte, der ist als junger Mann nach Singapur gegangen. Das war noch vor dem Krieg. Mit sechzehn hat er in Hamburg auf einem englischen Trampliner angeheuert. Nach einem Streit mit dem Ersten Offizier ist er in Singapur an Land gegangen und einfach dortgeblieben. Zuerst arbeitete er als Hafenarbeiter, später im Büro einer Tropenholzfirma.

Aber dann kam der Krieg, und er wurde von den Engländern in ein Lager gesteckt, weil er einen deutschen Paß hatte. Kurz bevor die Japaner Singapur besetzten brachte man ihn mit vielen anderen Internierten nach Australien, zunächst nach Port Darwin, dann nach Perth. Als der Krieg vorbei war, hat er sich eine Zeitlang als Landarbeiter auf einer Farm in der Nähe von Perth durchgeschlagen. Später war er viele Jahre lang Steward auf einem Kreuzfahrtschiff. Überall ist er gewesen: Philippinen, Fidji, Chile, Madagaskar, USA. In den Siebzigern tauchte er dann wieder in Vresen auf, wo er das Häuschen neben Bernd und Barbara bezog, das er geerbt hatte. In dem wohnte er, bis er mit sechsundachtzig Jahren starb.

»Ich habe die Welt gesehen«, sagte der alte Barsfeld immer, und wenn man in seine Augen sah, dann glaubte man ihm das. Bernd sagte, daß er niemals einen Menschen getroffen habe, der so viele fremde Länder bereist habe wie der alte Barsfeld, und keinen, der so mit sich selbst im reinen gewesen sei. Wenn der einmal stirbt, pflegte Bernd zu sagen, dann, wie es in der Bibel von Hiob oder Abraham oder König David heißt: *lebenssatt*. Aber Barbara, die zweimal in der Woche bei dem alten Barsfeld saubermachte, sagte, der sterbe noch lange nicht. Der sei so gut in Schuß, daß er genausogut ohne ihre Hilfe auskommen könne. Nur mit dem Hemdenbügeln tue er sich schwer. Alles andere, den Haushalt, den Garten, habe er perfekt im Griff.

»Könnte sich mancher Jüngere eine Scheibe von abschneiden«, sagte sie einmal, als sie bei uns zum Kaffee war. Meine Frau stieß mich an. »Hörst du?« sagte sie. »Da nimm dir mal ein Beispiel dran! Mit sechsundachtzig!«

»Der hat sich sein Lebtag auch nie mit Frau und Kindern rumärgern müssen«, sagte ich.

Aber da lag ich falsch. Denn nun eröffnete uns Barbara, was sie auch erst vor ein paar Tagen erfahren hatte: Der alte Barsfeld hat einen Sohn. Zweiundfünfzig Jahre alt, lebt in Valparaiso in Chile, verheiratet, sieben Kinder.

»Und wieso hat man davon bisher nie etwas gehört?«

»Keine Ahnung«, sagte Barbara. »Jedenfalls hat er sich jetzt in den Kopf gesetzt, den zu besuchen.« Er werde zum ersten Mal in meinem Leben ein Flugzeug besteigen und seinen Sohn in Chile besuchen, habe er neulich zu ihr gesagt. Auf ihren Einwand, daß er das doch gar nicht mehr durchhalte, vierzehn, fünfzehn Stunden in einem engen Flugzeug, habe er nur gelacht und ihr das Ticket gezeigt: einmal rund um die Welt für etwas mehr als dreitausend Euro. New York, Mexico City, Buenos Aires, Santiago, von dort einen Abstecher nach Valparaiso, dann Fidji, Sydney, Perth, Bombay und über Dubai zurück nach Deutschland. Überall ein paar Tage Aufenthalt in einem guten Hotel. Das sei seine Abschiedstournee, habe er gesagt und sich dabei vor Vergnügen die Hände gerieben.

Seit Bernd wieder im Krankenhaus lag, war Barbara fast jeden Abend bei uns. Aber so munter wie an diesem Abend, war sie lange nicht mehr gewesen.

»Und nun kommt's«, sagte sie. »Wißt ihr, wovon er die Reise bezahlt? Er hat das Haus verkauft. An die Kreissparkasse. Einfach so. Mitte Dezember soll es losgehen. Weihnachten will er in Valparaiso sein.«

»Und wo will er wohnen, wenn er zurückkommt?« fragte meine Frau.

»Wohnen kann er hier bis zu seinem Tode. Alles vertraglich abgesichert«, sagte Barbara. »Gar nicht so dumm, wie er das ausgehandelt hat: Sie geben ihm das Geld, aber das Haus kriegen sie erst, wenn er stirbt. Und der wird bestimmt hundert.«

Wirklich nicht dumm, dachte ich. Der Mann ist sechsundachtzig, sagt sich wahrscheinlich: Das ist meine letzte Chance, wenn nicht jetzt, wann dann? Das mit dem Sohn ist wahrscheinlich nur ein Vorwand. Oder eine günstige Gelegenheit. So oft bietet sich einem eine solche Gelegenheit nicht. Wenn man da nicht zupackt ... Tagelang, sogar bei der Arbeit, immer derselbe Gedanke: Irgendwann ist es zu spät, noch mal was Neues anzufangen, man muß die Gelegenheiten nutzen, wie sie sich bieten. So viele Chancen kriegt man nicht, um noch etwas aus seinem Leben zu machen. Als hätte ich eine Tonbandschleife im Kopf.

Bernd mußte dann noch ein paar Tage länger im Krankenhaus bleiben, weil ihm die Chemo so zugesetzt hatte. »Vielleicht kommt er zum Wochenende raus«, sagte Barbara. Und dann? Dann geht die Warterei wieder los: Hat die Chemo angeschlagen? Ist alles weg? Warten, Hoffen, Bangen von der einen Untersuchung zur nächsten. Und wenn wir einfach losfahren würden, dachte ich, Bernd und ich? Sobald er sich besser fühlt, rauf aufs Motorrad und ab nach Italien? Oder, wenn das mit dem Motorrad für ihn zu anstrengend ist, mit dem Flugzeug nach Mallorca oder Lanzarote oder meinetwegen auf die Malediven?

Wir sind dann doch nicht gefahren, weil Bernd ja seine Medikamente nehmen und sich alle paar Wochen untersuchen lassen mußte. Vielleicht auch, weil wir dachten, daß es später noch genug andere Gelegenheiten geben würde. Dafür kam eines Abends der alte Barsfeld zu Barbara und Bernd und sagte, er wolle sich verabschieden, weil er am nächsten Morgen seine große Reise antrete. Sie saßen noch eine Weile zusammen und sprachen über alles Mögliche, und als der alte Barsfeld schon in der Tür stand, fragte Barbara, ob er denn schon gepackt habe oder ob sie ihm helfen solle. »Nicht nötig« sagte er. »Ich habe alles, was ich brauche, in einem Koffer. Wer in seinem Leben so viel gereist ist wie ich, der weiß was er braucht und was er nicht braucht.«

Das war am vierzehnten Dezember. Am nächsten Tag sollte gegen zehn das Taxi kommen und den alten Barsfeld zum Flughafen bringen. Aber das Taxi kam nicht. Es wurde elf, halb zwölf. Dann ging Barbara rüber, um nachzusehen, ob alles in Ordnung sei. Sie fand ihn in seinem Bett. Es sah aus, als schliefe er, aber als sie ihn berührte, merkte sie, daß er tot war. Auf dem Tisch lag das Flugticket, ein richtiges kleines Buch mit vielen Seiten, und auf der Kommode neben dem Bett der Koffer. Leer bis auf ein gerahmtes Foto, das einen Mann von etwa fünfzig Jahren auf der Veranda eines großen weißen Hauses zeigte.

MAX

Max war wieder da. Sechs Wochen früher als geplant, weil ihm auf der Baustelle im Hafen von Santos ein Eisenträger auf den rechten Fuß gefallen war und zwei Zehen gequetscht hatte. Als er braungebrannt mit Gipsfuß und Krücken aus dem Kleinbus stieg, der ihn von Bremen hergefahren hatte, und Rita mit Hut und im geblümten Sommerkleid hinterher, hatte Elke extra einen Blumenstrauß besorgt, den Silvie ihrem Vater zur Begrüßung überreichen sollte. Das ging aber wegen der Krücken gar nicht, weshalb Rita die Blumen entgegennahm.

Max tätschelte seinem Sohn den Kopf, küßte seine Tochter auf die Stirn, sah an ihr hinunter und sagte, auf den Ring an ihrem Nabel zeigend: »Was ist denn das?«

»Ich denk, du warst in Brasilien«, sagte Silvie. »Das is 'n Piercing.«

»Und was hat das mit Brasilien zu tun?«

»Das gibt's überall auf der Welt. Und überall ist das normal. Nur hier in Vresen regen sich die Leute darüber auf.«

Silvie sagte »die Leute«, aber ihr Seitenblick auf ihre Mutter ließ keinen Zweifel daran, wen sie vor allem meinte.

»In Brasilien«, sagte Max lachend, »laufen sie neuerdings mit Krücken rum.«

Max ist ein Hüne, stark und gutmütig. Sein einziger Erziehungsgrundsatz lautet: Nichts wird so heiß gegessen, wie es gekocht wird. Damit kommt er meistens ganz gut über die Klippen des Familienalltags. Und wenn gar nichts mehr hilft, haut er mit der Faust auf den Küchentisch, daß die Teller tanzen. Silvie und Karsten scheinen ziemlich viel von seiner Erziehungsmethode zu halten. Nur Rita ist da ganz anderer Ansicht. »Von Erziehung«, sagt sie, »versteht er auch nicht mehr als vom Kochen. Und vom Kochen versteht er gar nichts.«

Für die nächsten vier Wochen war Max krank geschrieben. Danach standen ihm noch drei Wochen Sonderurlaub zu. »Das beste, was ihm passieren konnte«, sagten die Leute, »das mit dem Fuß.« Aber ganz so war das nicht. Das Krankengeld, sagte Max, werde nach seinem Grundlohn berechnet. Und der sei nur halb so hoch wie das, was sie in Santos verdient hätten, wenn man all die Zulagen mitrechne. So gesehen, machten die mit ihm ein ganz gutes Geschäft.

Nach einer Woche hatte Max das Nichtstun satt und begann die Wohnung zu renovieren: tapezieren, streichen, im Wohnzimmer die Bohlen abziehen. Alles mit dem Gipsfuß. Aber irgendwie mußte er die Zeit ja sinnvoll nutzen, bis sie Anfang Oktober nach Santo Domingo fliegen würden, wie es Rita geplant hatte. Nach drei Wochen wurde ihm der Gips abgenommen und durch einen Verband ersetzt. Die Krücken brauchte er da schon lange nicht mehr. Jetzt hatte er einen Stock, auf den er sich beim Gehen stützte.

Eines Abends nahm ich Max mit zu Karl. Manne war nach langer Zeit wieder mal da, Alfred und der Meergans, und auch Karl setzte sich zwischendurch immer mal wieder an unseren Tisch, weil auch er hören wollte, was Max von Brasilien zu berichten hatte. Viel, sagte Max, habe er von dem Land nicht gesehen. Einmal seien sie in São Paolo gewesen und einmal in Rio, Ipanema, Copacabana und alles. Das sei schon imponierend gewesen. Aber sonst hätten sie sich nach Feierabend fast immer in den klimatisierten Containern aufgehalten.

»Und Frauen?« fragte da plötzlich der Meergans, der bisher noch gar nichts gesagt hatte.

Das Thema schien ihn brennend zu interessieren: heiße Mulattinnen, schokoladenbraun, mit langen Beinen und wippenden Brüsten, so wie sie jedes Jahr zum Karneval im Fernsehen zu sehen waren. Aber Max blieb ganz cool. In der Nähe der Großbaustelle, sagte er, gab es natürlich gewisse Etablissements, und an der Straße nach Santos rein standen die Mädchen abends reihenweise. Im Büro der Baustellenleitung gaben sie einem, wenn man wollte, sogar eine Adresse: etwas teurer als das Übliche, aber dafür ärztlich kontrolliert. Ein Kumpel, mit dem er den Container geteilt habe, sei ein paarmal dort gewesen. Für ihn selbst sei so etwas nichts, sagte Max. Das könne er einfach nicht, so anonym. Außerdem sei er ja auch nicht mehr der Jüngste. Da bleibe man gelassener beim Anblick einer Frau, selbst wenn sie so ziemlich alles zeige, was sie habe.

Wir sind dann ziemlich schnell von dem Thema wieder weggekommen, obwohl der Meergans noch zwei- oder dreimal versuchte, das Gespräch darauf zu bringen. Aber Max hatte so eine nüchterne Art, darüber zu reden, daß schließlich auch ihm der Spaß daran verging.

»Das Interessanteste war«, sagte Max, »daß die Polen, die wir von Bremen mitgenommen hatten, sich mit den Brasilianern sofort gut verstanden, während die Deutschen so ihre Probleme mit denen hatten. Dabei waren die dort eigentlich genauso Ausländer wie wir. Aber irgendwie hatten sie eine andere Art mit denen umzugehen, so von gleich zu gleich.«

Das löste nun allerhand Spekulationen aus über die Deutschen, die Polen und die Brasilianer, daß es da eben doch tiefere Unterschiede gebe, die vielleicht in den Genen steckten.

»Oder es ist, weil die Polen auch katholisch sind«, sagte ich.

»Also katholisch«, sagte Max. »Das ist so eine Sache. Die meisten Brasilianer haben so einen Mischglauben, hab ich mir sagen lassen: Jungfrau Maria plus Voodoo-Götter. Manchmal sieht man an einer Straßenecke die Opfergaben für so einen Voodoo-Gott: ein Fläschchen Schnaps und eine Zigarre. Und manchmal treffen sie sich auf einer Lichtung im Urwald und tanzen, bis sie in Ohnmacht fallen, und ein Voodoo-Priester beschwört irgendwelche Geister. Also so richtig katholisch sind die nicht.«

Langes nachdenkliches Schweigen. Maria erschien in der Tür hinter der Theke. Bolivianerin war sie, glaube ich. Keine Ahnung, wie der Karl an sie geraten ist. Sie machte für ihn die Küche, seit Jahren schon, Chili con carne und Empanadas und solche Sachen. Aber auch Bratkartoffeln mit Sauerfleisch oder Strammer Max. Sie stand einen Augenblick da, im hellen Licht des Strahlers, der an einem Balken über der Theke angebracht war, konnte man die feinen grauen Streifen in ihrem blauschwarzen Haar erkennen. Ihr Blick suchte Karl, fand ihn an unserem Tisch. Karl blickte zu ihr hinüber, für einen kurzen Moment sah es so aus, als lächelte sie. Und in diesem Augenblick ertönte auch noch Antonio Carlos Jobims rauchige Stimme, die *Garota de Ipanema* sang. Für Karl kam nur diese frühe Aufnahme in Frage, nicht die englische Version von Stan Getz und Jaoa Gilberto. Wie lange hatten wir das Stück schon nicht mehr gehört? 3–2–0, der junge Mann mit den straff nach hinten gekämmten dunklen Haaren, der neben der alten Musikbox stand, mußte die Zahlen gedrückt haben.

Plötzlich sagte Manne zu Alfred: »Sag mal! Bayncyzk, das ist doch ein polnischer Name.«

»Ja, und?« entgegnete Alfred.

»Na«, sagte Manne. »Dann mußt du uns doch erklären können, wieso die Polen mit den Brasilianern so gut können.«

»Weißt du, wo ich geboren bin? In Vresen. Und weißt du, wo mein Vater geboren ist? In Rastendorf bei Vresen. Und mein Großvater in Recklinghausen. Ich bin so deutsch wie du. Woher soll ich wissen, was mit den Polen und den Brasilianern ist?«

»Na, wegen der Gene«, sagte Manne. »Die bleiben doch immer dieselben, egal, wann deine Vorfahren nach Deutschland gekommen sind.«

»Und du meinst, daß die Polen alle die gleichen Gene haben?« fragte ich.

»Nicht die gleichen. Aber andere als die Deutschen und vielleicht so ähnliche wie die Brasilianer. Könnte doch sein, oder?«

Das ging noch eine Weile so hin und her, bis sich schließlich der Meergans wieder mal zu Wort meldete.

»Und wenn das gar nicht die Gene sind? Wenn die Brasilianer einfach gemerkt haben, daß die Polen es mit der Arbeit auch nicht so genau nehmen?«

Ausgerechnet der Meergans, der mit seinen neununddreißig Jahren als Frührentner rumlief, obwohl er im Grunde kerngesund war. »Deutscher Fleiß, deutsche Ordnung«, sagte er. »Das paßt irgendwie nicht zu den Brasilianern. Das merken die doch sofort.«

»Na, das mußt du grade sagen!« sagte Alfred. »Wann hast denn du das letzte Mal gearbeitet?«

Und Max: »Nee, so ist das nicht. Die Polen sind bei uns die fleißigsten. Wenn du denen am Feierabend nicht den

Schneidbrenner aus der Hand nimmst, dann hören die gar nicht wieder auf.«

Als nun alle durcheinanderredeten und der Meergans immer wieder seine linke Hand auf den Tisch legte und auf die beiden fehlenden Fingerkuppen zeigte, die ihm das Frührentnerdasein beschert hatten, sagte Karl, der sich sonst selten in die Gespräche seiner Gäste einmischt: »Wie wär's denn damit? Die Deutschen sind reich, und die Polen und die Brasilianer sind arm. Wann habt ihr zuletzt mit einem Multimillionär am Tisch gesessen?«

Plötzlich Ruhe. Karl stand auf und ging, als gebe es da nichts mehr zu sagen, an den Nebentisch, um eine Bestellung aufzunehmen. Eine ganze Weile sagte keiner was. Dann war es Manne, der die nachdenkliche Stille unterbrach.

»Wie ist das eigentlich?« fragte er Max. »Haben die Polen auf der Baustelle dasselbe gekriegt wie ihr? Ich mein, mit all den Zulagen und so?«

Max nahm erst mal einen Schluck aus seinem Bierglas. »Nee«, sagte er dann. »Die Zulagen nicht. Die sind nur für die Deutschen. Die Polen waren ja auch in Bremen schon im Ausland.«

»Klar«, sagte Manne. »Ist ja für die keine Extrabelastung. Die leben ja hier auch in Containern, von ihren Familien getrennt.«

Irgendwie schienen alle damit zufrieden zu sein. Aber als Max und ich auf dem Heimweg waren, sagte Max plötzlich zu mir: »Sag mal! Ist der Karl eigentlich immer noch Kommunist?«

»Wie kommst du denn darauf?« fragte ich.

»Na, der war doch mal bei so einer Gruppe, die Geld für Nikaragua gesammelt haben und so was.«

»Ach«, sagte ich. »Das ist doch ewig her.«

»Aber wie der das gesagt hat: Die Deutschen sind reich, die Polen und die Brasilianer sind arm! So, als wäre das meine Schuld.«

»Quatsch!« sagte ich. »So war das doch nicht gemeint.«

»Das mußt du nämlich wissen«, sagte Max. »Wir haben uns in der Gewerkschaft dafür eingesetzt, daß auch die Polen die Zulagen kriegen. Aber am Ende mußten wir uns den Argumenten der Gegenseite beugen.«

Wie er so dastand, auf seinen Stock gestützt, der große, schwere Mann mit seinem bekümmerten Gesicht, konnte er einem richtig ein bißchen leid tun.

»Klar, Max«, sagte ich und klopfte ihm auf die Schulter. »Weiß ich doch. Dir macht keiner einen Vorwurf.«

AM KANAL

Jesper Lindemann geht schnurgerade durchs Leben. In unzähligen Badezimmern in Vresen und Umgebung hat er den Fußboden gefliest und die Wände gekachelt. Davon ernährt er sich, seine Frau und seine vier Kinder, und davon hat er sich Ende der siebziger Jahre auch das Haus Ecke Pascalstraße/Fregestraße gebaut. Morgens früh um sechs fährt er mit seinem Moped zur Arbeit und kommt am Nachmittag nicht vor vier zurück. Bei Karl taucht er meist nur auf, um sich Zigaretten zu holen. Er kommt rein, grüßt freundlich nach allen Seiten, geht dann zum Automaten, der neben der Tür hängt, und ist auch schon wieder verschwunden.

Aber neulich, erzählte uns Karl, da habe er die Klinke schon in der Hand gehabt, habe dann aber innegehalten und sei noch einmal umgekehrt. Er habe sich eine Zigarette angezündet und sei zu ihm an die Theke gekommen, habe einen Korn verlangt und dann gleich noch einen, und als er, Karl, ihn gefragt habe: »Was ist los? Hast du Ärger?«, habe er ihm das mit der Hand erzählt.

Eine verrückte Geschichte, diese Sache mit der Hand. Vor allem, weil da nichts weiter nachgekommen ist. Bis heute hat die Polizei nicht den geringsten Hinweis auf einen Unfall oder ein Verbrechen entdecken können.

»Da muß doch irgendwo einer rumlaufen«, sagte Meergans, »dem eine Hand fehlt.«

»Rumlaufen muß er nicht«, sagte Manne. »Kann ja sein, daß der Rest irgendwo vergraben liegt.«

»Oder im Kanal«, sagte ich.

»Im Kanal nicht«, widersprach Karl. »Da haben sie tagelang alles mit Tauchern abgesucht. Und außerdem wäre eine Wasserleiche inzwischen längst an die Oberfläche gekommen.«

Wir waren nicht die einzigen, die sich in Vresen den Kopf darüber zerbrachen, was dieser Fund zu bedeuten hatte. Seit sich die Neuigkeit herumgesprochen hatte, war eine merkwürdige Unruhe in der Stadt. Die Leute waren nervös und verängstigt, auch die, die neuerdings so blöde Witze erzählten, wie den von Pastor Schomeran, der nach dem Gottesdienst vor dem Kirchenportal steht, die Hände in den weiten Ärmeln der Soutane vergraben, um wie üblich, den Gottesdienstbesuchern zum Abschied die Hand zu reichen, und als das erste Mütterchen kommt und er ihr die Hand entgegenstrecken will, zieht er einen Armstumpf aus dem Ärmel hervor. »Nanu?« sagt der Pastor. »Die Hand muß ich wohl am Kanal gelassen haben.«

Lindemann hat die Hand gefunden, als er eines Samstagmorgens am Kanal angeln war. Er hatte schon mehrere Stunden auf der Uferböschung gesessen, hatte ins schwarz glänzende Wasser gestarrt und sich seine Gedanken über Gott und die Welt gemacht, hatte Kaffee aus der Thermosflasche getrunken und immer noch keinen Fisch an der Angel gehabt. Jetzt drückte ihn die Blase, und als er ins Gebüsch ging, um sich zu erleichtern, wäre er um ein Haar auf die Hand getreten. Eine rechte Hand, sauber mit dem Messer oder mit dem Beil am Handgelenk abgetrennt. Bei der Untersuchung später stellte sich heraus, daß sie von einem erwachsenen Mann stammte und daß der noch gelebt haben mußte, als die Hand abgetrennt wurde.

Solange ich Lindemann kenne, geht er jeden Samstag, wenn das Wetter es eben zuläßt, in aller Frühe raus zum Kanal, um zu angeln. Wenn er dann gegen Mittag zurückkommt, hat er selten mehr als ein paar Rotaugen voller Gräten in seinem Eimer. Ob er etwas fange oder nicht, hat er mir mal erzählt, sei für ihn gar nicht so wichtig. Um diese frühe Zeit sei er da draußen mit der Schöpfung allein. Das gebe ihm Kraft für die ganze Woche. Wenn er beim ersten Tageslicht am Kanal sitze und eine Lerche zwitschern, wenn er irgendwo in der Ferne einen Hahn krähen oder einen Hund bellen höre, dann sei das wie am vierten und fünften Schöpfungstag, als ob die soeben erst aus Gottes Hand hervorgegangenen Tiere im Wasser, in der Luft und auf der Erde ihren Herrn und Schöpfer priesen.

Jesper Lindemann ist ein gottesfürchtiger Mann. Jeden Sonntagmorgen kann man ihn mit der ganzen Familie quer durch die Stadt zu Fuß zum Karlanshof gehen sehen, wo sich in der kleinen Anstaltskapelle die Methodisten zum Gottesdienst treffen. Am Sonntag nach dem Fund hat er dort über die Hand gepredigt, die ein Zeichen sei, eine Warnung vielleicht, an ihn, an die Gemeinde, an die Vresener, an die Welt. Bei der Polizei, sagte er, gehe man von einem Kapitalverbrechen aus. Aber selbst wenn sich das eines Tages bewahrheiten sollte, er selbst sei fest davon überzeugt, daß der Herr ihn an diese Stelle im Gebüsch geführt habe, um ihn daran zu erinnern, daß alles auf Erden endlich sei und zu Staub zerfallen müsse außer dem Band, das alle gläubigen Christen mit ihrem Gott verbinde.

In einem Leserbrief, der zwei Tage später in der Zeitung stand, äußerte eine Amalie Wessels aus Gaddum sich ähnlich. Ein Zeichen also. Du liebe Güte! Als wenn es weiterer Zeichen bedürfte, um uns zu überzeugen, daß es mit der Welt nicht zum besten steht.

»Wenn es einen Gott gibt und er soviel Wert darauf legt, daß wir an ihn glauben«, sagte Karl, »warum sollte er dann in rätselhaften Zeichen zu uns sprechen, statt klipp und klar zu sagen, was Sache ist?«

»Ich werde euch sagen, wer das war«, sagte da Manne. »Die Russen-Mafia. Die haben einem Verräter die Hand abgehackt und sie auf der Autobahn einfach aus dem fahrenden Auto geschmissen.«

»Und wie kommt sie dann in das Gebüsch am Kanal?« fragte Meergans.

»Ein Fuchs oder ein anderes Tier hat die Hand gefunden und zum Kanal geschleppt. Sind doch nur ein paar Kilometer.«

Aber das, wußte Karl, war ausgeschlossen. Er hatte Joschi Andacht getroffen, als er vom Großmarkt gekommen war, und der hatte ihm erzählt, daß die Mafia-Theorie mittlerweile von der Polizei ausgeschlossen werde.

»Wenn ein Fuchs die Hand im Maul gehabt hätte, meinst du, das hätten die nicht längst im Labor festgestellt? Die können heute an feinsten Rückständen auf der Haut ohne weiteres feststellen, mit welcher Währung der zuletzt bezahlt hat.«

»Und welche war's?« fragte ich.

»Keine Ahnung«, sagte Karl. »Rubel jedenfalls nicht.«

Wir drehten uns im Kreis. Als ob um uns herum sich etwas zusammenbraute, etwas Unheimliches, Unaufhaltsames. Seit Tagen schon. Kein anderes Thema als die Sache mit der Hand.

»Vielleicht«, sagte ich, »sollten wir mal von was anderem reden. Irgendwann werden die schon rauskriegen, was dahintersteckt. Und wenn nicht ...«

»Was, wenn nicht?«

»Wenn nicht, dann vergessen wir es, wie wir schon so

vieles vergessen haben, was wir nicht auf die Reihe bringen konnten.«

»Okay«, sagte Manne. »Dann gib mal 'ne Runde aus. Mit einem Schluck Bier vergißt es sich besser.«

MÄNNERSTATION

»Wolltest du heute nicht Bernd besuchen?« fragte meine Frau, als ich es mir gerade gemütlich gemacht hatte, um die Zeitung zu lesen. Es war Samstagmorgen, ein trister Tag, der Rhododendron im Garten glänzte schwarz vor Nässe.

»Stimmt«, sagte ich. »So um zehn, hab ich gesagt, komm ich.«

»Es *ist* zehn«, sagte sie.

Es war zwar genaugenommen erst zwei Minuten vor zehn, aber ich wußte, daß es sinnlos war, sich darauf zu versteifen. Ich ließ also die Zeitung sinken, tastete nach meinen Schuhen, zog sie an. Ich hasse Besuche im Krankenhaus. Schon als Kind habe ich sie gehaßt. Einmal war meine Mutter vier oder fünf Wochen lang im Krankenhaus, irgendwas mit dem Unterleib, und ich habe sie nicht ein einziges Mal besucht. Ein paarmal bin ich an der Klinik gewesen, aber dann doch nicht hineingegangen. Meine Mutter sah durch das Fenster ihres Krankenzimmers, wie ich vor dem Gebäude auf und ab ging und dann wieder verschwand. Sie hat mir das nie verziehen.

»Bring ihm was zu lesen mit«, sagte Elke und reichte mir das neue *Geo*-Heft. Schwerpunkt Australien. Auf dem Umschlag ein Jeep, der eine Staubschleppe hinter sich herzieht und dahinter eine Schafherde in der untergehenden Sonne.

»Australien?« sagte ich. »Meinst du, das interessiert ihn?«

»Im Krankenhaus hat man viel Zeit. Da liest man auch so was. Und außerdem bringt ihn das auf andere Gedanken.«

Darum ging ich Bernd im Krankenhaus besuchen: um ihn auf andere Gedanken zu bringen, um ihn rauszuholen aus seinen Grübeleien, um ihm Mut zu machen, daß er es schafft. Bei so einer Krankheit, hatte Rita zu Elke gesagt, sei die Hälfte Psychologie. Man müsse dran glauben, daß man gesund werde, sonst werde man es nie. Es hänge alles von der inneren Einstellung ab, vom Lebenswillen. Wenn einer nicht gesund werden wolle, könnten die besten Ärzte nichts ausrichten. »Der Bernd ist kein Kämpfer«, hatte sie gesagt. »Das ist das Problem.«

So ist Rita. Sie kann einfach nicht akzeptieren, daß es Dinge und Ereignisse gibt, denen gegenüber man machtlos ist. Wahrscheinlich war sie es auch, die Max angetrieben hat, das ganze Haus zu renovieren, als er noch den Gips hatte und sich nur mit Krücken fortbewegen konnte. »Laß dich nicht hängen!« wird sie gesagt haben. »Wenn du hier bloß rumsitzt, ohne was zu tun, wirst du nie gesund.« Bei Max verfängt so was, obwohl auch er alles andere als ein Kämpfer ist. Max ist gutmütig, er will keinen Streit, schon lange nicht mit Rita. Darum tut er fast immer, was sie von ihm verlangt.

Aber bei Bernd war das anders. Nicht daß er besonders streitlustig gewesen wäre. Du konntest ihn nicht packen, er wich dir aus, ließ dich im Glauben, du hättest ihn überzeugt und machte dann am Ende doch, was er wollte. Oder er tat nichts, weil du unbedingt wolltest, daß er was tue. Bernds Krankheit, denke ich manchmal, saß nicht nur in seinem

Körper. Sie hatte auch seine Seele erfaßt. Vielleicht kämpfte er darum nicht dagegen an. Vielleicht wußte er aber auch mehr als wir, wußte, was wir uns nicht eingestehen möchten: daß es gar keinen Sinn mehr hatte zu kämpfen …

Als ich die Treppe zum zweiten Stock hinaufkam, sah ich als erstes den nach links zeigenden roten Pfeil und darüber die Inschrift *Männerstation*. Zimmer 204. Ich klopfte, trat ein und mein Blick fiel gleich auf das leere Bett. Erst danach sah ich Herrn Wikelski, jetzt ohne Kopfverband, aber mit einem großen Pflaster auf dem geschorenen Schädel, und daneben Bernd mit Tropf und Katheter. Herr Wikelski winkte mir zu, als er mich erblickte. Ich winkte zurück und wandte mich Bernd zu.

»Hallo Bernd!« sagte ich. »Hab dir was zum Lesen mitgebracht.«

»Hallo!« sagte er, nahm das *Geo*-Heft und betrachtete den Umschlag: »Australien? Sag mal, ist das nicht eine britische Strafkolonie im Pazifischen Ozean?«

»Ja«, sagte ich. »Dahin wirst du verbannt, wenn du jetzt nicht bald wieder gesund wirst.«

Ha, ha, ha! Herr Wikelski schüttelte sich vor Lachen. »So ist es richtig«, rief er. »Dem Herrn Rothe muß man Beine machen. Ohne Drohungen erreicht man bei dem gar nichts.«

»Und?« fragte ich Bernd. »Wie sieht's aus?«

»Wie soll's aussehen? Übermorgen werde ich den Tropf los und Ende der Woche den Katheter. Dann können wir im Park spazieren, wenn du mich besuchst.«

»Wenn das Wetter nicht so beschissen ist wie heute«, sagte ich. »Du machst das schon richtig. Bleibst in deinem Bett und wartest auf gutes Wetter.«

Ich saß auf dem leeren Bett und ließ die Beine baumeln. Bernd hatte das Kopfende seines Bettes hochgestellt, saß aufrecht und blätterte fahrig in dem *Geo*-Heft. Der Katheterbeutel, der rechts am Bettgestell hing, war zu einem Drittel mit sehr gelbem Urin gefüllt.

»Wo ist denn der Herr Baumgart hin?« fragte ich. »Entlassen?«

Bernd blickte mich an, und für einen Augenblick sah ich so etwas wie Schrecken in seinen Augen. Aber ehe er antworten konnte, mischte sich Herr Wikelski ein: »Entlassen ist gut! In die Ewigkeit entlassen, würde ich meinen.« Er lachte schon wieder aus vollem Hals. Vielleicht war seine Tumoroperation doch nicht ganz ohne bleibenden Schaden abgegangen.

»Gestorben. Vorgestern nacht«, sagte Bernd. »Ganz plötzlich, ohne Vorwarnung.«

Herr Baumgart, stellte sich heraus, war im Schlaf gestorben, eingeschlafen und nicht wieder aufgewacht. Manche nennen das einen *schönen Tod*. Ein Ausdruck, den ich nie über die Lippen brächte. Ein *schöner Tod*. Grotesk, geradezu obszön, so als wollte man angesichts des Todes sagen: Ist noch einmal gutgegangen, hätte auch schlimmer kommen können. Was zum Teufel soll daran schön sein, daß jemand einschläft und nicht mehr aufwacht, daß ein Leben einfach abbricht, aus und vorbei? Daß der Sterbende am Ende keine Scherereien mehr gemacht hat? Ist es das, was sie damit meinen?

Ich mag es überhaupt nicht, wenn vom Tod die Rede ist. Und schon lange nicht, wenn man sich darüber ausläßt, *wie* jemand gestorben ist, ob er Schmerzen litt, ob er bis zuletzt bei Bewußtsein war oder nicht, was seine letzten Worte waren und so weiter. Der Tod ist der Tod. Was gibt es dazu noch zu sagen? Der Tod, das ist das Unfaßbare, vor dem wir nur verstummen können, ein Skandal, über den sich zu erregen keinen Sinn hat, weil es niemand gibt, den wir dafür zur Verantwortung ziehen könnten.

Ich saß auf einem Bett, in dem vor zwei Tagen ein lebendiger Mensch eingeschlafen und am nächsten Morgen nicht mehr aufgewacht war. Es war grotesk, so grotesk wie die Flasche mit der durchsichtigen Flüssigkeit an dem Ständer neben Bernds Bett, wie der Schlauch und die Kanüle an seinem linken Unterarm, wie der Beutel mit dem Urin und das große Pflaster auf Herrn Wikelskis kahlgeschorenem Kopf.

»Alfred will seinen Kiosk verkaufen«, sagte ich.

»Tatsächlich?« Bernd ließ das Heft sinken, war plötzlich hellwach. »Sag bloß, die machen ernst, der Giulio und er?«

»Du meinst mit dem Restaurant in Rovereto? Keine Ahnung. Davon hat er nichts gesagt. Nur, daß er einen Käufer für den Kiosk sucht.«

»Siehste!« sagte Bernd. »Der macht es richtig.«

»Alfred wird im Oktober siebenundsechzig«, sagte ich.

»Na, und?« sagte Bernd. »Besser spät als nie.«

Besser spät als nie. So wie Bernd das sagte, klang es, als hätte er sich bereits mit dem Nie abgefunden. Ich hatte plötzlich ein flaues Gefühl im Magen, ich spürte, wie mir der kalte Schweiß auf die Stirn trat.

»Kann man hier mal ein bißchen das Fenster öffnen?« fragte ich.

»Nee«, sagte Herr Wikelski. »Geht nicht. Die lassen sich nicht öffnen. Das ist hier ’ne geschlossene Abteilung.«

Bernd sah mich prüfend an. »Was ist?« fragte er. »Du bist so blaß. Ist dir nicht gut?«

»Nee, nee!« sagte ich. »Ich dachte nur, daß ein bißchen frische Luft …«

Es war wie jedes Mal, wenn ich ihn besuchte. Ich kam in der Absicht, ihn aufzuheitern, ihm Mut zu machen, und nach kurzer Zeit war ich selbst tief deprimiert, wußte nicht mehr, was ich sagen sollte, wünschte nur noch eins: so schnell wie möglich von hier wegzukommen, mich zu Haus in meinem

Bett zu verkriechen, die Decke über den Kopf zu ziehen und die ganze Welt zu vergessen.

Ob er mal einen Blick in das Heft werfen dürfe, fragte Herr Wikelski. Australien habe ihn schon immer interessiert, und wenn er erst mal endgültig arbeitsunfähig geschrieben sei, habe er ja genug Zeit, um zu reisen. Vielleicht fliege er da mal hin und schaue sich das an, die Wüste, den Dschungel, die Strände und alles.

Bernd reichte ihm die Zeitschrift hinüber. »An Ihrer Stelle würde ich die Reise noch heute buchen«, sagte er. »So wie es aussieht, sind Sie hier in ein paar Tagen raus.«

»Und Sie?« fragte Herr Wikelski. »Was machen Sie, wenn Sie hier raus sind?«

»Wenn ich hier rauskomme«, sagte Bernd, »dann fahren wir beide« – er zeigte auf mich – »nach Italien. Mit dem Motorrad. Nur wir beide. Einfach drauflos, ohne Plan, ohne Ziel. Stimmt's, Kalle?«

»Ja«, sagte ich. »Stimmt. So ist es beschlossen, und so wird es gemacht.«

MANNE

Jetzt kenn ich den Manne schon so lange, aber ich bin nie so richtig schlau aus ihm geworden. Wenn man ihn fragt, ob er einem bei dem und dem helfen kann, sagt er: »Kein Problem.« Wenn man fragt, wie man am besten dies oder jenes macht, ob er eine Ahnung habe, wo man dies oder jenes kriegt, antwortet er: »Kein Problem.« Für Manne, sollte man meinen, gibt es gar keine Probleme, jedenfalls keine unlösbaren. Er hat immer einen ganz heißen Tip parat, bei ihm lösen sich Schwierigkeiten im Nu in nichts auf.

Aber dann gibt es kleine Dinge, über die ärgert er sich so sehr, daß man immer Angst haben muß, daß er sich mal vergißt. Vor einiger Zeit auf dem Bahnhof. Nur ein Fahrkartenschalter geöffnet und eine lange Schlange von Wartenden. Manne braucht ein Antragsformular für eine Monatskarte Vresen–Bremen, weil sie ihm für zwei Monate den Führerschein abgenommen haben. Er ist Nummer acht in der Reihe, nach einer Viertelstunde ist er Nummer drei. Dann vor ihm nur noch eine Frau. Sie möchte nach Holzminden fahren, sagt sie. Wann? Morgen. Um welche Uhrzeit? So gegen Mittag, sie möchte, wenn es geht, um vier Uhr da sein.

»Vier Uhr an Holzminden«, sagt der Beamte. »Einfache Fahrt?«

»Nein, hin und zurück.«

»Sie haben zwei Möglichkeiten, jeweils mit einmal Umsteigen, entweder in Hannover oder in Osnabrück«, sagt der Beamte. »Abfahrt Vresen 12.33 Uhr, an Hannover 13.40 Uhr, ab Hannover 14.10 Uhr, an Holzminden 15.38. Oder über Osnabrück ...«

Die Dame ist sich nicht sicher, ob sie besser über Hannover oder über Osnabrück fahren soll.

»Welche Verbindung ist denn billiger?« fragt sie.

»Haben Sie eine Bahncard?« fragt der Beamte.

»Bahncard?« Von einer Bahncard scheint sie noch nie etwas gehört zu haben.

»Wenn Sie eine Bahncard haben«, sagt der Beamte, »bekommen sie fünfzig Prozent Ermäßigung.«

»Dann bitte mit Bahncard«, sagt die Dame.

Name? Vorname? Adresse? Der Beamte füllt den Antrag aus, macht ein Kreuz, wo die Unterschrift hingehört. Die Dame unterschreibt, reicht den Antrag zurück. Der Beamte tippt auf der Tastatur, der Drucker arbeitet, spuckt etwas aus, was wie ein Fahrschein aussieht.

»Ihre vorläufige Bahncard«, sagt der Beamte.

Dann tippt er wieder auf der Tastatur, blickt auf den Bildschirm.

»Über Hannover achtundzwanzig Euro, über Osnabrück neunundzwanzig Euro achtzig Cent.«

»Dann nehme ich über Hannover«, sagt die Dame.

Manne, der unruhig von einem Bein auf das andere tritt, sieht, wie der Beamte den Fahrschein ausdruckt, ihn über die Theke reicht.

»Mit Bahncard«, sagt der Beamte, »macht das einhundertundachtundfünfzig Euro.«

»Wieviel?«

»Einhundertundachtundfünfzig«, sagt der Beamte.

»Aber Sie sagten doch eben: achtundzwanzig Euro.«

»Das ist der Fahrpreis. Dazu kommen einhundertunddreißig Euro für die Bahncard.«

Die Dame nimmt ihre Handtasche von der Schulter, kramt darin nach dem Portemonnaie, findet es nicht, fährt mit der Linken in die linke, mit der Rechten in die rechte Manteltasche, wendet sich dann wieder ihrer Handtasche zu, nimmt den Inhalt Stück für Stück heraus, findet schließlich, was sie sucht, räumt die Tasche wieder ein, öffnet das Portemonnaie.

»Soviel Geld hab ich nicht dabei.«

Manne hat sich vorgenommen, ruhig zu bleiben, nichts zu sagen, schon lange nichts Unfreundliches. Aber das ist angesichts der Lage nicht einfach. Er kämpft mit sich, macht ein zischendes Geräusch, als müsse er Dampf ablassen.

»Sie wollen also keine Bahncard?« fragt der Beamte.

»Lieber nicht«, sagt die Dame. »Lieber nur Holzminden und zurück. Über Hannover.«

Der Beamte sammelt die vorläufige Bahncard und den Fahrschein wieder ein, tippt auf seiner Tastatur, druckt den neuen Fahrschein aus.

»Sechsundfünfzig Euro«, sagt er dann.

»Sechsundfünfzig Euro? Aber eben sagten Sie doch, Holzminden und zurück kostet achtundzwanzig Euro.«

»Mit Bahncard«, sagt der Mann am Schalter. »Ohne Bahncard kostet es doppelt soviel.«

Die Dame klappt das Portemonnaie wieder auf, verharrt eine Weile regungslos. »Und einfache Fahrt?«

Manne fühlt, wie ihm die Halsadern schwellen und die Schläfen zu klopfen beginnen. Der Beamte, ein Vorbild an olympischer Gelassenheit, tippt wieder auf der Tastatur.

»Dreißig Euro«, sagt er.

»Dreißig Euro!!« preßt Manne zwischen den Zähnen hervor.

Die Dame dreht sich um, blickt ihn verwundert an. Vielleicht ist es ihr Unschuldsblick, der Mannes letzte Sicherung durchbrennen läßt. Plötzlich reißt er der völlig verdatterten Frau das Portemonnaie aus der Hand, zählt dreißig Euro auf den Zahlteller, knallt das Portemonnaie auf die Theke.

»Wenn Sie jetzt nicht sofort Ihre Fahrkarte nehmen und verschwinden, gibt es ein Unglück!« brüllt er.

Kann sein, daß der Schalterbeamte einen verborgenen Alarmknopf bedient hatte, oder sie waren zufällig in der Nähe. Jedenfalls standen auf einmal zwei Wachmänner in dunkelblauen Uniformen und roten Berets vor Manne.

»Ihren Ausweis bitte!« sagte der eine.

»Was soll das? Was wollen Sie von mir?« schrie Manne.

»Hören Sie auf zu krakeelen, Mann! Ihren Ausweis! Name? Adresse?«

Fünf Tage später brachte der Postbote einen Bußgeldbescheid über fünfzig Euro wegen öffentlicher Ruhestörung in die Fuchsschanze Nr. 9. Als Manne abends von der Arbeit nach Haus kam, fand er den Brief im Briefkasten, öffnete ihn, las.

»Ruhestörung?« fragte Hella, die neben ihm stand und mitgelesen hatte.

Manne war schon wieder drauf und dran zu explodieren. »Was heißt hier Ruhestörung? Die wär doch heute noch nicht in Holzminden, wenn ich ihr das mit dem Bezahlen nicht abgenommen hätte.«

Wo keine Geschichte gemacht wird, werden Geschichten erzählt, damit die Leute wissen, wer sie sind – oder wer sie sein könnten, wenn sie nicht ausgerechnet in Vresen lebten. Oder die Dinge gerinnen zu Geschichten, weil man mit sich und dem verrückten Leben ja irgendwie fertig werden muß, so oder so.

Seit Manne verheiratet war und Hella und er draußen in der Siedlung an der Hamburger Straße wohnten, sahen wir ihn nicht mehr so oft wie früher. Und das mit dem Führerschein, sagte Max, das sei auch kein Zufall. Gereizt sei er in letzter Zeit, der Manne, und wenn er gereizt sei, trinke er zuviel.

»Der verkraftet irgendwie nicht, daß die Hella jetzt auch noch auf die Abendschule geht, um ihr Abitur nachzumachen«, sagte Max.

Wir saßen bei Max auf der Terrasse. Elke und Rita waren in der Küche und bereiteten was zum Abendessen vor. Die Luft war warm und weich, vom Nachbargrundstück klang eine Opernarie herüber. Rita und Max hatten uns Fotos vom Strand bei Santo Domingo gezeigt. »Da fliegen wir dieses Jahr wieder hin«, hatte Rita gesagt, und Max hatte genickt, aber so wie einer nickt, dem ohnehin keine Wahl bleibt.

Plötzlich sagte jetzt Max zu mir: »Warum nehmt ihr Hella und Manne nicht mit nach Südtirol, jetzt, wo das mit Bernd und Barbara nichts wird?«

»Urlaub mit Hella und Manne?«

»Klar«, sagte er. »Warum nicht? Ist doch besser als nur zu zweit. Und denen tut das bestimmt auch gut. Da draußen in der Siedlung kennen die doch keinen.«

Ich hab dann Elke von der Idee erzählt. Sie fand sie gut, hat auch gleich Hella angerufen und ihr den Vorschlag gemacht.

»Wandern?« sagte Hella.

»Ja«, sagte meine Frau. »Aber immer nur ein paar Kilometer am Tag. Und nur bei gutem Wetter.«

Hella war offenbar nicht überzeugt von der Idee, sich zu Fuß fortzubewegen. Aber tagsdrauf rief Manne an.

»Klar machen wir da mit«, sagte er. »Klasse Idee! Wir

kommen nächste Woche mal bei euch vorbei. Dann können wir alles besprechen.«

Aber dann hörten wir erst mal von den beiden nichts mehr. Drei, vier Wochen lang. Eines Abends saßen wir bei Karl, Max, Alfred, der Meergans und ich, da kam Manne herein. Er steuerte direkt auf unseren Tisch zu, griff sich einen Stuhl vom Nebentisch und setzte sich dazu.

»'n Abend!« sagte er. »'n Abend!« sagten wir, und als er ihm sein Bier brachte, sagte Karl: »Was ist los? Hat dir deine Frau heute mal Ausgang gegeben?«

Aber Manne war nicht zum Flachsen aufgelegt. Er sei gekommen, sagte er, um sich von uns zu verabschieden, weil er für einige Zeit ins Ausland gehe. »Ein Entwicklungsprojekt in Südafrika«, sagte er. »Die brauchten einen, der was von Brunnenbau versteht. Da hab ich mich verpflichtet. Für zwei Jahre.«

»Und Hella?« fragte Max.

»Die bleibt hier und macht inzwischen ihr Abitur. Und dann sehen wir weiter.«

Und dann sagte er noch zu mir: »Hätte mich längst bei dir melden sollen wegen dem Urlaub. Aber dann kam diese Sache dazwischen. War ein ziemliches Hin und Her. Naja, nun ist es so entschieden. Aber das mit Südtirol, das holen wir nach, wenn ich wieder da bin.«

Junge, Junge! Ich mußte erst einmal tief Luft holen. Ich sah, wie Karl wieder zur Theke hinüberging. Die eine Hand auf dem Zapfhahn, mit der anderen am Ohrring zupfend, blickte er eine Zeitlang wie geistesabwesend über uns hinweg.

»Zwei Jahre, das ist lang.« Max machte ein Gesicht, als versuche er vergeblich sich vorzustellen, wie lang das ist. »Ein paar Monate oder ein halbes Jahr, das würde ich jederzeit wieder machen. Aber zwei Jahre ...«

»Ging nicht kürzer«, sagte Manne. »Zwei Jahre oder gar nicht. Bei diesen Entwicklungsprojekten ist das nun mal so.«

»Und das wird gut bezahlt?« fragte Meergans.

»Die Bezahlung«, sagte Manne, »ist für mich nicht das Wichtigste. Ich wollte mal raus, was anderes als jeden Tag nach Bremen und zurück. Eine Aufgabe, eine Herausforderung.«

Herausforderung! Wie der redet! Auf einmal sah ich Elke und mich, wie wir irgendwo zwischen Brixen und dem Ritten auf der Terrasse eines Gasthofs sitzen, jeder in seine Gedanken vertieft, und links und rechts von uns lauter ältere Paare, Kinder aus dem Haus, Rente in Sicht, keine Träume außer gut essen und trinken.

»Und du meinst, das ist es jetzt?« fragte ich. »Das ist deine Herausforderung?«

»Ja«, sagte Manne. »Wenn ich das jetzt nicht mache, dann krieg ich den Arsch nie mehr hoch.«

»Sagt Hella«, sagte Max und grinste.

»Quatsch!« brummte Manne. »Die macht ihr eigenes Ding. Die hat damit überhaupt nichts zu tun.«

Klingt nicht gut, dachte ich. Klingt, als sei zwischen den beiden der Faden gerissen. Dabei waren die doch erst ein paar Monate verheiratet. Aber wer weiß, vielleicht hatten die gar keine Wahl, vielleicht war da gar nichts zu machen, vielleicht mußte das jetzt einfach sein.

»Und wann geht's los?« fragte Alfred.

»Nächste Woche.«

»Und Hella?« Max gab keine Ruhe. »Kommt die dich mal besuchen?«

»Klar«, sagte Manne. »Wenn sie Urlaub hat, oder über Weihnachten … Oder ich komm mal schnell herüber für 'ne Woche oder zwei. Südafrika ist ja heute nicht mehr aus der Welt.«

»Stimmt«, sagte Max. »Und Telefon gibt es ja auch noch.«

Manne schaute Max schief von unten an, sagte aber nichts. Nach einer Weile fragte er mich plötzlich: »Wie geht's Bernd?«

»Sieht nicht gut aus«, sagte ich. »Sieht gar nicht gut aus.«

»Grüß ihn mal von mir!« sagte Manne.

Einen Augenblick lang sagte keiner was. Dann stand Manne auf, obwohl sein Glas noch halb voll war, ging zur Theke hinüber und zahlte.

»Ihr könnt mich ja mal besuchen in Südafrika«, sagte er noch, bevor er ging. »Ich schick euch eine Karte, damit ihr wißt, wo ihr mich findet.«

Kurz darauf gingen auch Alfred und Meergans. Irgendwie war uns Mannes Abgang auf die Stimmung geschlagen. Max und ich blieben noch eine Weile, aber wir saßen da, als wären wir am falschen Ort, vergessen sozusagen oder zurückgelassen, während alle anderen dorthin aufgebrochen waren, wo sie hingehörten, wo vielleicht auch wir hingehört hätten. Nur daß wir gar nicht wußten, wo das war.

»Merkwürdiger Kerl, der Manne!« sagte ich. »Ich werde einfach nicht schlau aus ihm.«

Aber, wenn ich jetzt darüber nachdenke, könnte ich das genausogut von mir selber sagen.

SPIRITUELLE ERFAHRUNG

Nein, heute abend komme er nicht zu Karl, sagte Alfred, als ich nach Feierabend noch einmal kurz bei ihm reinschaute. Heute abend habe er etwas anderes vor.

»Dein Spanischkurs«, sagte ich.

»Nee«, sagte er. »Der Fitek hält einen Vortrag über Falschgeld. Das interessiert mich einfach mal. Schließlich habe ich ja jeden Tag mit Geld zu tun, und wer weiß, was mir hier so alles untergejubelt wird, ohne daß ich das merke.«

Das war das erste Mal, daß ich von Fiteks Vortragstätigkeit erfuhr. Der Vortrag damals muß ein Fiasko gewesen sein. Ganze neun Leute im Saal der Stadtbibliothek, und Fitek am Projektor zeigte Lichtbilder von echten und falschen Banknoten, erklärte, wie die Fälscher vorgegangen seien, die privaten und die staatlichen, welche Tricks und Hilfsmittel sie benutzt hätten, um das Falschgeld in Umlauf zu setzen, und wie ihre Gegenspieler bei der Polizei ihnen trotzdem immer wieder auf die Schliche gekommen seien, weil die Fälschungen eben doch nie perfekt gewesen seien. Bis auf das eine Mal, als Napoleon den Österreichern die Druckstöcke für ihre Banknoten gestohlen habe. Aber das seien ja auch keine richtigen Fälschungen gewesen, sondern illegal gedruckte Originale.

Bei diesem Vortrag damals müssen sie den Fitek geködert haben. Das ältere Ehepaar, Herr und Frau Jungschläger, sah man zuweilen an Samstagvormittagen in der Fußgängerzone, wo sie fromme Traktate feilboten. Sie gehörten einer Art Sekte an, die sich *Kinder des Lichts* nannte und ihr Hauptquartier in New York hatte. Die Jungschlägers jedenfalls waren von Fiteks Vortrag begeistert. Ob er eventuell bereit sei, denselben oder einen ähnlichen Vortrag in einem Kreis von geistig interessierten und gebildeten Menschen aller Altersstufen zu halten? Fitek war bereit. Er fragte nicht, worum es sich bei diesem Kreis geistig interessierter und gebildeter Menschen handelte. Er stellte überhaupt keine Fragen, sondern sagte einfach zu.

So kam es, daß Tomas Fitek und seine Frau Katharina sich eines Tages in einem barackenähnlichen Gebäude auf dem Gelände der ehemaligen Obstverwertung an der Bassumer Straße unter lauter sichtlich inspirierten Leuten wiederfanden. Fitek hatte sich Mühe gemacht. Er hatte seinen Vortrag überarbeitet, einige zusätzliche Beispiele eingebaut, andere weggelassen, die Argumentation gestrafft, sich, wie er meinte auf das Allernotwendigste beschränkt. Der Lichtbildvortrag im *Haus des Lichts* dauerte anderthalb Stunden.

Als in dem niedrigen Versammlungsraum die Wandbeleuchtung wieder anging, waren alle neununddreißig Zuhörer noch da. Vielleicht war es dieser Umstand, der Tomas Fitek dazu bewog, auch das nachfolgende Programm mit höflicher Anteilnahme zu verfolgen. Soweit er sich im nachhinein daran erinnerte, ging es um die *Schaffung einer heilsamen Balance in den vier Energiekörpern* und um die *Stärkung des persönlichen Potentials.* Von einem *Quantensprung des Bewußtseins* war die Rede und daß man seine *Egomaske* durchdringen solle, um zum *Kern des authentischen Selbst* zu gelangen.

Was sollte der Ingenieur Fitek mit solchen pseudowissenschaftlichen Tiraden anfangen? Als seine Frau und er mit dem Auto heimfuhren, machte er spöttische Bemerkungen über die krause Botschaft der *Kinder des Lichts*, und Katharina stimmte ihm zu: Krauses Zeug sei das, Humbug, einfach lächerlich. Doch nach zwei Monaten wurde Fitek wieder zu einem Vortrag eingeladen, diesmal in Bremen und vor größerem Publikum. Vielleicht war es Dankbarkeit oder tatsächlich, wie er behauptete, pure Neugier, die ihn veranlaßte, das Buch, das seine Gastgeber ihm mitgegeben hatten, zu lesen: *Die Auferstehung des Selbst*.

Katharina sah es mit Verwunderung, sagte aber nichts. Erst als einige Wochen später per Post und mit Rechnung *Die Botschaften Gabriels an die Kinder des Lichts* eintrafen und ihr Mann sich auch in dieses Buch vertiefte, begann sie sich Sorgen zu machen. Was wußte sie schon von diesem Fremden, den sie vor wenigen Wochen geheiratet hatte? Waren Männer nicht überhaupt unbegreiflich, so unbegreiflich wie Wesemann, der jahrelang nach einem ihr völlig undurchschaubaren Plan aufgetaucht und wieder verschwunden war?

»Seit wann interessierst du dich für Esoterik?« fragte sie ihren Mann eines Abends.

»Mich interessiert, wie diese merkwürdigen Leute sich die Welt erklären«, antwortete er. »Neugier. Pure intellektuelle Neugier.«

»Soso. Neugier.« Katharina war von seiner Antwort nur halb überzeugt. Und als in ihrer Wohnung am Alten Markt wenige Tage später auch noch ein Päckchen mit Meditationskassetten eintraf, da stellte sie sich vor ihren Mann und sagte ihm auf den Kopf zu: »Das ist nicht Neugier, das sind deine ungestillten spirituellen Bedürfnisse.«

Das mit den spirituellen Bedürfnissen habe ich von Alfred. Seit jenem ersten Vortrag in der Stadtbibliothek war Fitek ein paarmal nach Dienstschluß am Kiosk vorbeigekommen, hatte eine Cola getrunken und sich mit Alfred über dies und das unterhalten. Bei einer dieser Gelegenheiten, sagte Alfred, habe Fitek von seinen Vorträgen bei den *Kindern des Lichts* erzählt, von den merkwürdigen Büchern, die er inzwischen gelesen habe, und daß seine Frau nun auf einmal glaube, bei ihm *spirituelle Bedürfnisse* entdeckt zu haben.

»Spirituelle Bedürfnisse?« fragte Alfred.

»Ja«, sagte Fitek. »Aber ich bin Ingenieur, Herr Baynczyk! Stellen Sie sich das vor: Ein Ingenieur und spirituelle Bedürfnisse!«

Nein, das konnte sich auch Alfred nicht so recht vorstellen. Überhaupt wußte er eigentlich nicht genau, was das bedeuten sollte: spirituelle Bedürfnisse. Alfred, in seiner Jugend katholisch erzogen, hatte von seiner Religion sein Leben lang keinen Gebrauch gemacht. Aber aus der Kirche austreten mochte er auch nicht. In Alfreds Familie waren immer nur die Frauen die Hüter der Religion gewesen, und da er selbst nie geheiratet hatte, blieb in seinem Leben diese Stelle einfach unbesetzt.

»Und wenn es umgekehrt wäre?« fragte Alfred.

Fitek schaute Alfred verständnislos an: »Was meinen Sie: umgekehrt?«

»Wenn es nun eher«, sagte Alfred, »die spirituellen Bedürfnisse Ihrer Frau wären, Herr Fitek? Ich meine, Religion und so was, das ist doch im Grunde eher was für Frauen.«

Fitek zog die Augenbrauen zusammen, in seinem Gesicht arbeitete es. Dann auf einmal hellten sich seine Züge auf, denn nun fiel ihm wieder ein, daß seine Frau als gläubige Protestantin eigentlich eine kirchliche Trauung gewollt hatte, sich dann aber mit der standesamtlichen zufriedengegeben hatte, als er ihr zu verstehen gegeben hatte, daß er als Ingenieur …

»Herr Baynczyk«, sagte Fitek nach einer Weile, »ich glaube Sie haben recht.«

Die Einsicht, so hatte Fitek bei sich beschlossen, sollte nicht ohne praktische Folgen bleiben. Warum sollte er seiner Frau in diesem heiklen Punkte nicht entgegenkommen? Aber so einfach, wie Fitek sich das gedacht hatte, war es dann doch nicht. Zwar war Katharina, als Fitek ihr gegenüber zu erkennen gab, daß er gegen eine nachträgliche kirchliche Trauung im Prinzip nichts einzuwenden habe, sichtlich erleichtert. Aber Pastor Schomeran hatte, als Katharina ihn aufsuchte, Einwände. Eine kirchliche Trauung mit einem Atheisten, wie solle er das vor Gott und dem Kirchenvorstand rechtfertigen? Ob denn ihr Mann sich nicht mit dem Gedanken anfreunden könne, dem evangelischen Glauben …

»Nein«, sagte Katharina. »Das geht nicht. Er ist Ingenieur.«

»Aber es gibt doch viele christliche Ingenieure«, gab Pastor Schomeran zu bedenken.

»Mag schon sein«, sagte Katharina. »Aber für meinen Mann ist der Glaube an einen Gott mit seinem naturwissenschaftlichen Weltbild unvereinbar.«

»Und warum will er dann die kirchliche Trauung?«

»Meinetwegen«, sagte sie. »Und wegen seiner eigenen uneingestandenen spirituellen Bedürfnisse.«

Pastor Schomeran hat dieses Gespräch später, natürlich ohne Namen zu nennen, in einer Predigt erwähnt. Trotzdem wußten alle Anwesenden sofort, um welchen Fall es sich da handelte. Erst recht natürlich Katharina, die mit rotem Kopf in der vorletzten Reihe saß und hörte, wie Pastor Schomeran die rhetorische Frage stellte, ob er diesen Suchenden hätte abweisen dürfen, der für sich selbst keinerlei Hoffnung sah. Die Antwort, die er sich gab, die aber wohl vor allem den Damen und Herren vom Kirchenvorstand galt, die in den beiden ersten Bankreihen saßen, lautete: »Nein, ich durfte diesen Suchenden nicht abweisen, denn nirgends ist die Chance größer, zu Gott zu finden, als in einer in Seinem Namen geschlossenen christlichen Ehegemeinschaft.«

Das war zwei Monate nach der kirchlichen Trauung. Und Katharina verstand, daß vor allem von ihr erwartet wurde, daß sie ihren Mann auf den Weg des Heils führe. Katharina, die Goethe und besonders dessen *Werther* über alles schätzte, war zur Trauung in einem Charlotten-Kleid, weiß mit blaßroten Schleifen, erschienen, Fitek in einem nagelneuen dunklen Anzug mit Fliege und Kavalierstüchlein und einer roten Nelke im Knopfloch. Aber seitdem hatte Fitek die Kirche nicht mehr betreten. Und das, so verstand es Katharina, wurde vor allem ihr als Versäumnis angekreidet.

Wahrscheinlich deshalb überredete sie ihren Mann, doch einmal ein Gespräch mit Pastor Schomeran zu führen. Völlig unverbindlich natürlich. Nur damit er seinen guten Willen zeige. Pastor Schomeran empfing Fitek zu einem Pastoralgespräch, aber je länger sie miteinander sprachen, um so mehr verlor er seine ursprüngliche Bekehrungsabsicht aus den Augen. Denn was dieser Fitek zu erzählen hatte, war wirklich interessant, vor allem für jemand wie Pastor Schomeran, der in seinem Amt ganz offensichtlich geistig unterfordert war.

»Wann hat man schon einmal Gelegenheit, sich mit einem gebildeten Atheisten zu unterhalten?« wird sich Pastor Schomeran gesagt haben. Und vielleicht ist ihm schon bald klargeworden, daß er sich diese einmalige Gelegenheit nur verderben würde, wenn er Fitek zum christlichen Glauben bekehrte. Jedenfalls folgte dem ersten Gespräch bald ein zweites, und schließlich trafen sich die beiden in regelmäßigen Abständen im Pastorenhaus, tranken Tee oder auch ein Glas von dem guten mährischen Rotwein, den Fitek mitbrachte, und erhitzten sich in aller Freundschaft über Gott und die Welt, ohne daß Pastor Schomeran je wieder einen Versuch der Bekehrung unternommen hätte.

»Sie glauben gar nicht, Herr Baynczyk, was dieser Kirchenmann alles weiß«, sagte Fitek eines Nachmittags zu Alfred, als er am Kiosk vorbeikam. »Als Ingenieur lebt man ja in einer festgefügten kleinen Welt. Selbst wenn man wie ich noch sein Steckenpferd hat. Das ist mir erst jetzt durch die Gespräche mit Pastor Schomeran so richtig klargeworden.«

»Na, was soll ich da erst sagen, Herr Fitek?« sagte Alfred. »Seit über dreißig Jahren sitze ich in diesem Kasten. Ich sehe die Welt nur durch ein Guckloch.«

»Aber auf Ihrer kleinen Bühne tummeln sich doch allerhand verschiedene Leute ...«

»Jaja«, sagte Alfred. »Aber im Grunde ist es doch immer das gleiche Stück. Ich gehe auf die Siebzig zu, Herr Fitek. Sie haben einiges von der Welt gesehen. Ich nicht. Wenn ich noch was von der Welt sehen will, muß ich mich beeilen. Sonst ist es zu spät.«

Fitek war auf einmal alarmiert. Seine flinken Augen tasteten Alfreds durchfurchte Gesichtslandschaft ab.

»Sie wollen uns doch nicht etwa verlassen, Herr Baynczyk?«

Alfreds Blick ging ins Weite, überquerte schneebedeckte Bergketten, wanderte über besonnte Hänge zu Tal.

»Wenn Sie es für sich behalten, Herr Fitek ... Ich verkaufe meinen Kiosk. Vielleicht mach ich noch mal was ganz anderes.«

FRAUENSACHE

Hella ging es nicht gut. Kaum war Manne zwei, drei Wochen weg, sprach sie davon, daß sie das alles nicht mehr schaffe, die Arbeit in der Parfümerie, den abendlichen Unterricht, den Haushalt, die Paukerei am Wochenende. Sie war nach langer Zeit mal wieder bei der sonnabendlichen Kaffeerunde meiner Frau. Sie suchte Rat und Zuspruch.

»Und wenn du mal mit Frau Beringer sprichst, ob du nicht eine Weile halbtags arbeiten kannst?« fragte Barbara.

»Halbtags?« Der Vorschlag brachte Hella erst recht aus der Fassung. »Wenn ich damit jetzt komme«, sagte sie, »dann macht die den Laden gleich dicht.« Und dann erzählte sie von der neuen Drogerie, die demnächst gegenüber der Parfümerie eröffnet werden solle, eine Kette, die alles anbiete, was es bei ihr in der Parfümerie auch gebe, nur zwanzig Prozent billiger, und daß Frau Beringer schon daran denke, ihr Geschäft ganz aufzugeben und sie, Hella, dann überhaupt nicht mehr wisse, wie es weitergehen solle, schließlich wolle sie ja nicht auf Dauer von Manne abhängig sein.

Elke erzählte mir das alles beim Abendbrot. »Der Hella«, sagte sie, »geht es gar nicht gut. Manne ist die nächsten zwei Jahre in Südafrika und wie das mit den beiden weitergeht, weiß man nicht. Und nun verliert sie vielleicht auch noch ihre Stelle in der Parfümerie.«

»Und die Abendschule?« fragte ich. »Ich denk, sie will das Abitur nachmachen.«

»Will sie auch. Im Prinzip. Aber sie muß ja auch von etwas leben.«

»Der Manne verdient doch nicht schlecht«, sagte ich.

»Erstens«, sagte meine Frau, »ist das so viel auch nicht. Und zweitens will Hella nicht von ihm abhängig sein.«

Soweit war es also schon mit den beiden gekommen. Wenn Hella unbedingt auf eigenen Füßen stehen wollte, warum hatte sie Manne dann geheiratet? Vielleicht hatte Bernd doch recht, vielleicht war, als sie nach so vielen Jahren endlich heirateten, ihre Beziehung eigentlich schon zu Ende.

»Ja, und was kann man da tun?« fragte ich.

»Wir haben da so eine Idee«, sagte meine Frau.

»Wer wir?«

»Barbara, Rita, Hella und ich.«

»Und?«

»Nichts und«, sagte sie und machte ein geheimnisvolles Gesicht. »Das ist Frauensache.«

Als ich ein paar Tage später Max davon erzählte, sah er mich ganz verblüfft an.

»Frauensache? Was soll denn das heißen? Die wollen doch wohl nicht einen Hostessen-Service aufmachen oder so was?«

Auch Max hatte keine Ahnung, was die Frauen planten. Nur daß sie in letzter Zeit öfter als sonst abends zusammenhockten und geheimnisvoll taten und Rita manchmal Telefongespräche abbrach, wenn er plötzlich ins Wohnzimmer trat, das war ihm aufgefallen.

Irgendwie habe ich die Sache dann vorübergehend aus den Augen verloren, weil es im Amt Ärger gab. Eine Praktikantin behauptete, der Weinert von der Registratur habe sie sexuell belästigt. Eine unangenehme Geschichte, die uns im Personalrat tagelang beschäftigte, obwohl ich mir bis heute nicht vorstellen kann, daß da was dran ist. Der Weinert hat sich schließlich auf unser Drängen hin zu einer lauen Entschuldigung durchgerungen und sich schriftlich verpflichtet, in Zukunft anzügliche Bemerkungen zu unterlassen.

Überhaupt hatte sich das Klima bei uns im Amtsgericht verändert. Unter dem neuen Verwaltungschef Dr. Hausdorf wurden frei werdende Stellen, wenn überhaupt, fast nur noch mit Angestellten besetzt. Oder mit Praktikantinnen, die so gut wie gar nichts kosten, aber dafür Ärger machen. Natürlich erwarteten alle, daß wir vom Personalrat dagegen protestierten, daß Stellen eingespart wurden und dem einzelnen immer mehr Arbeit aufgebürdet wurde. Taten wir auch. Aber immer häufiger hatte ich das Gefühl, daß wir uns auf einer abschüssigen Bahn befanden. Wir protestierten und gestikulierten, und oben stand Dr. Hausdorf und sah interessiert zu, wie wir auf der Schräge unaufhaltsam immer weiter nach unten rutschten.

Vielleicht gibt es das bald überhaupt nicht mehr, so wie wir hier leben. Vielleicht haben sie uns bisher nur übersehen, und irgendwann entdecken sie uns plötzlich, stehen um einen Tisch herum, über eine Landkarte gebeugt, und einer zeigt auf einen Punkt, Vresen, sagte er, genaugenommen gehört die Ecke doch auch zur Welt. Und dann werden wir angeschlossen an die große Maschine, und alles gerät in Bewegung. Vielleicht war der Greven damals nur ein Vorbote, ein erster halbherziger Versuch, mit dem sie das Terrain erkunden, die Vresener auf ihre Fortschrittstauglichkeit hatten testen wollen. Und nun Dr. Hausdorf. Mir selbst konnte nicht viel passieren, Bernd auch nicht, wir waren Beamte auf Lebenszeit. Uns konnten sie nicht mal versetzen, wenn wir nicht wollten. Aber soviel wußte Dr. Hausdorf natürlich auch, daß Bernd und ich nicht ewig leben würden.

Eines Abends saßen Max und ich bei Karl und warteten auf Bernd, dem es seit einiger Zeit wieder besser ging. Es war fast wie ein Wunder. Die Laserbehandlung in der Klinik in Bremen habe es gebracht, sagte Bernd. Schon zwei Untersuchungen ohne Befund. An diesem Tag war er zum ersten Mal nach langer Zeit wieder an seinem Arbeitsplatz gewesen. Und gleich volles Programm, hatte sogar die Mittagspause ausfallen lassen.

Die Tür ging auf, Alfred kam herein, steuerte direkt auf unseren Tisch zu. »Bernd ist wieder im Dienst, hab ich gehört?«

»Ja«, sagte ich. »Heute war sein erster Tag. Wenn er sich von seinem Schreibtisch hat trennen können, dann müßte er eigentlich gleich hier auftauchen.«

»Hab mich schon gewundert«, sagte Alfred, »daß du heute mittag allein bei mir am Kiosk warst.«

»Der war so froh«, sagte ich, »daß er wieder arbeiten durfte, daß er glatt die Mittagspause ausgelassen hat.«

Als Bernd kurz darauf in der Tür erschien, gab es ein großes Begrüßungshallo. Karl kam extra hinter der Theke hervor, um ihm die Hand zu drücken. »Mensch Bernd, daß du auch mal wieder da bist. Siehst gut aus.«

Bernd sah tatsächlich gut aus, richtig strahlend, braungebrannt, die Haare schon fast wieder wie früher, ein bißchen füllig im Gesicht vielleicht, aber das konnte noch von dem Cortison sein, das er hatte nehmen müssen.

»Mensch Bernd!« sagte Alfred. »Wo warst du heute mittag? Deine Bockwurst ist kalt geworden.«

Max legte Bernd seine Riesenhand auf die Schulter und drückt ihn auf den Stuhl zwischen uns. Bernd saß noch gar nicht richtig, da stand schon ein frisches Pils vor ihm. Wir prosteten ihm zu, und auch Karl hinter der Theke hob sein Glas. Es war fast so, als würde ein Pakt, den wir alle insgeheim schon gekündigt hatten, neu besiegelt.

»Mensch Bernd!«

Für einen Augenblick waren wir alle ein bißchen verlegen, weil die Situation so feierlich war. Aber da räusperte sich Max. »Sag mal, weißt *du* vielleicht, was unsere Frauen im Schilde führen? Die haben sich offenbar was ausgedacht, um Hella zu helfen. Machen aber ein großes Geheimnis darum.«

Bernd wußte von nichts: »Nee, keine Ahnung. Was ist denn mit Hella?«

Ich mußte ihm erst einmal berichten, was ich von Elke wußte, weil Barbara ihm offenbar überhaupt nichts erzählt hatte.

»Frauensache? Klingt ja tatsächlich, als hätten die ein größeres Ding vor«, sagte Bernd.

»Haben sie auch.«

Das war Alfred. Ganz ruhig sagte er das, so als handelte es sich um eine allgemein bekannte Tatsache.

Max, Bernd und ich schauten ihn überrascht an.

»Ja, wißt ihr denn nicht, daß die den Laden von der alten Frau Schlebusch übernehmen wollen?«

»Den Papierwarenladen?« fragte Max.

Alfred nickte.

»Und woher weißt du das?« fragte ich.

»Ich? Hab ich gehört. Weiß gar nicht mehr, wer mir das erzählt hat. Die sollen da doch schon am Renovieren sein.«

Das muß man sich mal vorstellen. Offenbar wußte die ganze Stadt davon, nur wir, die es doch wohl als erste hätten erfahren müssen, hatten keine Ahnung. Wieder war es Max, der sich als erster fing.

»Ja, und was soll das geben, wenn es fertig ist?«

»Soviel ich weiß«, sagte Alfred, »haben die den Laden gemietet und wollen da außer Papierwaren auch noch alle möglichen anderen Büroartikel verkaufen. Und einen Namen für das Geschäft haben sie auch schon: *Paper Moon*.«

»Paper Moon?« Bernd blickte mich hilfesuchend an. Aber ich wußte auch nicht, was ich dazu sagen sollte, und leitete seinen Blick an Max weiter. Der schien auf einmal Feuer gefangen zu haben.

»Klingt eigentlich gar nicht so unvernünftig«, sagte er. »Eure Kinder sind groß, auch bei uns sind sie demnächst aus dem Haus. Warum sollen unsere Frauen nicht einen Laden aufmachen? Das Geld können wir doch alle gut gebrauchen. Das einzige, was ich nicht verstehe, ist, was daran *Frauensache* sein soll.«

Weil es nun schon einmal raus war, erzählte mir Elke am nächsten Tag alles haarklein.

»Wir übernehmen das Geschäft nicht einfach«, sagte Elke. »Wir machen daraus etwas anderes, etwas Modernes: Papierwaren, Büroartikel, Computerzubehör, Bücher. Der Laden bekommt eine gemütliche Sitzecke, wo man einen Espresso trinken kann, und damit auch möglichst viele Leute reinkommen, übernehmen wir auch noch die Post.«

»Die Post?«

»Ja, das Postamt in der Bertholdistraße wird doch geschlossen, und jetzt suchen die einen Laden, der den Postdienst übernimmt.«

Am nächsten Tag sind Bernd und ich gleich nach Feierabend in die Rathausstraße und haben uns den Laden einmal angesehen. Barbara, Rita und Elke, alle drei im Blaumann und mit Pinsel in der Hand, empfingen uns mit dem Ruf: »Türen und Fenster nicht anfassen! Alles frisch gestrichen!« Wir waren platt. Aus dem engen dunklen Laden waren zwei ineinander übergehende lichtdurchflutete Räume geworden, eine Sitzecke mit Thonnet-Stühlen und zwei runden Tischen, auf der Ladentheke gleich neben der Kasse eine Espressomaschine, die Regale noch leer.

»Wer hat euch denn die schönen großen Fenster eingesetzt?« fragte Bernd.

»Niemand«, sagte Barbara. »Die waren hier schon immer. Hat bloß keiner gesehen, weil die Schlebusch überall Kartons gestapelt hatte.«

»Und den Durchbruch?« fragte ich. »Wer hat den gemacht?«

»Das war der Meergans. Der hat auch die Elektrik gemacht. Alle Leitungen unter Putz.«

»Schwarz«, sagte Bernd.

»Natürlich«, sagte Elke. »Meinst du, wir können uns einen richtigen Handwerker leisten.«

Der Meergans also. Ich wußte bis dahin gar nicht, daß der so was konnte. Und kein Wort zu uns, obwohl wir ihn jeden zweiten Tag bei Karl sahen.

»Und womit bezahlt ihr das alles?«

»Existenzgründerdarlehen«, sagte Rita. »Von der Kreissparkasse. Sehr günstig.«

»Is ja 'n Ding!« sagte ich, und Bernd schüttelte nur den Kopf und konnte gar nicht fassen, was er sah. Aber dann, nach einer Weile, zog er doch die Flasche Champagner aus der Aktentasche, und Elke verschwand nach hinten und kam tatsächlich mit fünf Gläsern zurück.

»Gläser habt ihr auch schon hier«, sagte ich.

»Na, was dachtest du? Schließlich muß man ja auch ein bißchen Spaß bei der Arbeit haben.«

Als wir gerade angestoßen hatten, kam Hella.

»Frisch gestrichen!« riefen Bernd und ich im Chor. Hella prallte zurück.

»Was macht ihr denn hier?«

»Wir helfen beim Feiern«, sagte Bernd. »Feiern ist nämlich auch Männersache.«

»Und Max?«

Da hatte Hella recht. Max durfte bei der Einweihungsfeier, auch wenn es nur eine improvisierte war, auf keinen Fall fehlen.

»Ich hol ihn«, sagte ich.

»Brauchst du nicht«, sagte Rita. »Der kommt sowieso gleich. Der holt das Ladenschild aus der Lackiererei ab.«

Als Max kam, haben wir dann erst einmal das zwei Meter breite Ladenschild mit der Aufschrift *Paper Moon* über der Eingangstür mit Dübeln und Schrauben montiert, was gar nicht so einfach war, weil wir nur eine Leiter zur Verfügung hatten. Später standen wir alle auf der anderen Straßenseite und sahen uns in der hereinbrechenden Dämmerung das Ergebnis an.

»Gewaltig!« sagte Hella. »Jetzt muß ich nur noch Frau Beringer sagen, daß ich kündige.«

»Was?« riefen Rita, Barbara und Elke wie aus einem Mund. »Die weiß noch von nichts? Mensch Hella, in fünf Tagen ist Eröffnung.«

»Ganz ruhig!« sagte Hella. »Das krieg ich schon hin.«

So war es nämlich ausgemacht: Alle vier fungieren gemeinsam als Inhaber, aber Hella, die als einzige wirklich weiß, wie man einen Laden führt, soll die eigentliche Chefin sein. Und zuerst schien auch alles glattzugehen. Am Eröffnungstag und die ganze Woche danach stand Hella die ganze Zeit im Laden, während Rita, Barbara und Elke abwechselnd je einen Vormittag oder einen Nachmittag mithalfen. Der Umsatz war nicht überwältigend, aber auch nicht schlecht, und wenn sie erst einmal den Postdienst hätten …

Aber dann eines Abends kam Elke nicht wie an den Abenden vorher um halb sieben, sondern erst um halb acht nach Haus, und ich sah schon von weitem, daß etwas nicht stimmte.

»Gib mir erst mal 'nen Cognak!« sagte sie noch im Mantel.

»Was ist denn los?« fragte ich, während ich ihr das Glas reichte. »Was ist passiert?«

Elke kippte den Cognac, ließ sich in einen Sessel fallen und sagte: »Die Hella ist ausgestiegen.«

Und dann erzählte sie, daß Hella Rita, Barbara und sie heute um ein Gespräch gebeten habe: Sie habe etwas Wichtiges mitzuteilen. Zuerst hätten alle gedacht, sie hätte sich endgültig von Manne getrennt, aber dann stellte sich heraus, daß sie bei Frau Beringer gar nicht gekündigt, sondern nur eine Woche Urlaub genommen hatte, weil sich für sie ganz plötzlich eine einmalige Chance ergeben habe. Ihr Bruder Werner, offenbar vermögend, wollte sich nun auf einmal finanziell an der Parfümerie beteiligen. Hella sollte Mitinhaberin werden und später einmal das Geschäft ganz übernehmen. Mit Werners Geld sollte aus der Parfümerie ein *Beauty Shop* werden, der neben dem bisherigen Angebot auch alle kosmetischen Dienste anbieten würde: Maniküre, Pediküre, Massagen, Wellness-Bäder, Beratung durch eine Visagistin und wer weiß was noch alles. Hella würde die Abendschule drangeben und sich statt dessen zur Visagistin und Masseurin ausbilden lassen. Es sei ihr wahnsinnig peinlich, habe Hella gesagt, daß sie die Freundinnen jetzt gewissermaßen im Stich lasse – gewissermaßen! –, aber solch eine Chance, das müßten sie einsehen, könne sie sich einfach nicht entgehen lassen.

»Gerade jetzt«, sagte Elke, »wo wir den Zuschlag von der Post gekriegt haben. In zwei Wochen soll es mit dem Postdienst losgehen.«

»Und wenn ihr es ohne Hella versucht?«

»Wie soll das denn gehen?« sagte sie. »Wir sind doch alle drei Anfänger. Weißt du, was das heißt, ein Geschäft führen? Ware bestellen, die Artikel auspreisen, Rechnungen bezahlen, das mag ja noch angehen. Aber die Buchführung und die Steuer. Und wenn wir die Post übernehmen, wird es noch komplizierter. Für jedes Briefformat einen besonderen Tarif, Päckchen, Pakete, Einschreiben, was weiß ich alles, und die Postbank, und alles muß genauestens abgerechnet werden …«

»Nein«, sagte Elke. »Schließlich haben wir das alles ja nur gemacht, um Hella zu helfen. Wenn die nun auf einmal nicht mehr will, ist die Sache gestorben.«

War sie dann aber doch nicht, weil Barbara, nachdem sie eine Nacht darüber geschlafen und sich wohl auch mit Bernd beraten hatte, die Sache in die Hand nahm. Rita sagte, daß sie *ihr* das am allerwenigsten zugetraut hätten. Aber Barbara war gar nicht zu bremsen. Den ganzen Tag stand sie im Laden und abends wälzte sie Prospekte, prüfte Angebote, stellte die Unterlagen für die Steuerberaterin zusammen und las auch noch die Neuerscheinungen, damit sie den Kunden das eine oder andere Buch empfehlen konnte. Rita arbeitete vormittags im Laden, wenn die Kinder in der Schule waren, Elke am Nachmittag und am Samstag. Neulich ist sogar ein Artikel in der Zeitung über das *Paper Moon Team* erschienen mit einem Foto von Barbara, Rita und Elke hinter der Ladentheke.

Bernd sagte, daß Barbara richtig aufgelebt sei, seit sie den Laden schmeiße. Ihr tue das richtig gut, die Arbeit, die Verantwortung. Jetzt drehe sich nicht mehr alles nur um ihn, jetzt habe sie etwas Eigenes. Hätte er nie gedacht, daß ihr das so viel bedeute. Im Augenblick sehe es bei ihm ja gut aus, sagte er, und er sei auch ziemlich sicher, daß die nächste Untersuchung gut ausgehe. Aber man könne ja nie wissen ... Das beste an der ganzen Sache sei, daß Barbara im Notfall auf eigenen Füßen stehen könne.

NAVIGATOR

Eigentlich, sagte Max, sei in diesem Fall nicht er, sondern Rita die treibende Kraft gewesen. »Wenn du schon meinst, wir brauchen ein neues Auto«, habe sie gesagt, »dann aber auch eins mit allen Schikanen.« Und da habe sich nun diese einmalige Gelegenheit geboten: ein Werksaudi, ein Jahr alt, kaum gefahren, mit allen Extras, zu einem Preis, gegen den man wirklich nichts sagen könne, und den alten Passat hätten sie auch noch günstig in Zahlung geben können.

Es war Sonntag kurz nach zehn Uhr morgens, ein strahlender Tag, wie geschaffen für einen Ausflug. Max saß am Steuer, ich vorn neben ihm, Rita und Elke im Fond. Wir fuhren um zwei Ecken, hielten, Max hupte. Bernds Auto stand vor der Tür. Oben im ersten Stock waren die Rolläden noch heruntergelassen. Irgendwie sah es nicht so aus, als seien Bernd und Barbara schon reisefertig. Nach einer Weile kam Barbara aus dem Haus. »Bernd fühlt sich nicht wohl«, sagte sie. »Hat gestern abend Aal gegessen und die ganze Nacht gekotzt. Das wird wohl nix heute.«

»Und du?« fragte Rita. »Deswegen brauchst du doch nicht zu Haus zu bleiben.«

Elke sekundierte. »Wir können hinten gut zu dritt sitzen«, sagte sie.

»Meint ihr?« Barbara zögerte, aber man konnte sehen, daß sie überzeugt werden wollte.

»Also, wenn du mich fragst«, sagte Max, »ich würde

mitfahren. Das beste, was du für den Bernd jetzt tun kannst, ist, ihn in Ruhe lassen.« Und als das immer noch nicht ausreichte, um sie umzustimmen, wurde Rita praktisch: »Stell ihm eine Kanne Tee hin und ein paar Zwieback. Max hat recht. Der wird am ehesten wieder, wenn du ihn in Ruhe läßt.«

Barbara verschwand im Haus. Nach fünf Minuten erschien sie wieder, hatte einen breitkrempigen Strohhut auf dem Kopf und rote Sandalen an und lächelte verlegen, als fände sie ihren Aufzug ein wenig übertrieben. Aber dann gab sie sich einen Ruck, nahm den Hut in die Hand und stieg hinten ein.

»Hoffentlich ist das jetzt richtig, daß ich mitfahre«, sagte sie.

»Wieso?« fragte Elke. »Hat er gemosert?«

»Nee, nee! Gar nicht. Er hat mir zugeredet, daß ich mitfahren soll.«

Wir waren noch keine zweihundert Meter weit, da hielt Max noch einmal an. »Paßt mal auf!« sagte er. »Ich zeig euch jetzt mal was.«

Er drückte auf einen Knopf, und unterhalb des Armaturenbretts leuchtete ein kleiner Bildschirm auf.

»Der Display«, sagte Max.

»Sag bloß, du hast jetzt einen Fernseher im Auto«, sagte Barbara.

»Nee«, sagte Max. »Das ist so ziemlich das einzige, was noch fehlt. Is 'n Navigationssystem. Ich geb jetzt einfach unser Ziel ein, und dann lenkt es uns, ohne daß wir einen einzigen Blick auf die Karte werfen müssen, an unser Ziel: Lohfelden, Lohheide, Lohkirchen, LOHMÜHLEN. Und jetzt noch die Straße:

D – o – r – f – s – t – r – a – ß – e. Seht ihr? Standort – Ziel. Und jetzt: Schnellste Route.«

»Nun vergiß mal nicht, daß du noch selber fahren mußt«, sagte Rita. »Sonst kommen wir nie an.«

Wir fuhren über die Autobahn, Max immer auf der linken Seite, hundertvierzig, hundertsechzig, hundertachtzig.

»Merkt man gar nicht, die Geschwindigkeit«, sagte er.

»Brauchst trotzdem nicht so zu rasen«, sagte Rita. »Wir haben es nicht eilig.«

»Ich rase nicht«, sagte Max. »Ich fahre zügig.«

Auf einmal eine weibliche Stimme: »Bitte verlassen Sie bei der nächsten Abfahrt die Autobahn.«

»Das ist Angela«, sagte Max.

»Angela?«

»Angela ist die Stimme des Navigationssystems. Sie sagt mir, was ich tun muß, um ans Ziel zu kommen. Und auf dem Display ist es auch noch angezeigt.«

Abfahrt Walsrode-West. Wir verließen die Autobahn, eine enge Hundertachtziggradkurve. Wieder Angelas Stimme: »Nach hundert Metern links abbiegen.« Dann gleich darauf noch einmal: »Jetzt links abbiegen.«

»Stimmt«, sagte Rita. »Richtung Rethem ist richtig. Jetzt kann es nicht mehr weit sein.«

Wir waren in Ankunftsstimmung. Barbara erzählte, wie der Fitek neulich im Laden war und Wachsmalstifte kaufen wollte für seine Frau. Die mache jetzt einen Malkurs, habe Fitek erzählt. »Wachsmalstifte?« habe sie ihn gefragt. »Sind Sie sicher, daß das das Richtige ist? Normalerweise ist das eher etwas für Kinder.« Aber Fitek habe sich nicht davon abbringen lassen. »Dieser Picasso«, habe Fitek gesagt, »hat auch Bilder mit solchen Wachsstiften gemalt.«

»Was hat sie jetzt gesagt?« rief Max dazwischen.

»Wer?«

»Na, Angela natürlich.«

»Die nächste links, glaub ich«, sagte Rita.

Sie sagte es genau in dem Moment, als Angela sich wieder zu Wort meldete.

»Was hat sie jetzt gesagt?«

Keine Ahnung. Niemand hatte es verstanden. Aber wir waren kaum hundert Meter weitergefahren, als wieder Angelas Stimme ertönte: »Bei nächster Gelegenheit bitte wenden!«

Max, schon leicht genervt, bremst, wendet. Wir fahren zurück. Schweigend. »Nach zweihundert Metern rechts abbiegen! ... Jetzt rechts abbiegen!«

Nach weiteren zweihundert Metern das Kommando: »Jetzt links abbiegen!« Und noch einmal nach links und dann nach rechts einen sanften Hügel hinauf. »Sie sind am Ziel«, sagt Angela.

Max' schwerer Kopf sank auf das gepolsterte Lenkrad. Wir schauten uns um: Ringsum sattgelbe Rapsfelder, eine Weide mit unbeeindruckt grasenden Kühen, ein halbzerfallener Schuppen, einige windzerzauste Föhren.

»Hier sind wir falsch«, sagte Rita.

»Das seh ich auch.« Max hatte Mühe, das Zittern in seiner Stimme zu unterdrücken.

»Ich hab doch gesagt, wir müssen Richtung Rethem und dann bei Kirchboitzen von der Bundesstraße runter«, sagte Rita.

»Dann fahr du doch!« schrie Max. »Wenn du alles besser weißt.«

So kannten wir ihn gar nicht. Max, der Gutmütige, der Unerschütterliche, saß da, bebend vor Wut und Enttäuschung, eine hektische Röte wuchs aus dem Kragen seines Polohemdes den Nacken hinauf. Elke, Barbara und ich schauten uns ratlos an. Rita saß da, schwieg fast gleichmütig, als gehe sie das alles gar nichts an. Dann, fast übergangslos, hatte Max sich wieder unter Kontrolle. Seine Hände ergriffen das Lenkrad, er wendete den Wagen, fuhr den ganzen Weg bis zur Bundesstraße zurück, bog links ab, Richtung Rethem. Niemand sagte ein Wort, auch Angela schwieg. Offenbar hatte Max sie abgeschaltet.

In einem Dorf ein junger Mann mit einem Kofferradio unter dem Arm.

»Frag den doch mal!« sagte Max zu mir mit ersterbender Stimme.

Ich ließ das Fenster runter, streckte den Kopf hinaus und fragte nach dem Weg zum *Forellenhof* in Lohmühlen.

»Da fahren Sie am besten geradeaus weiter nach Kirchboitzen«, sagt der junge Mann. »Ab dort ist es dann ausgeschildert. Is nich weit, drei, vier Kilometer vielleicht.«

Als ich den Kopf wieder einzog, sah ich, daß Max mit seiner großen Hand den Bildschirm des Navigationssystems zudeckte.

»Was machst du denn?« fragte ich ihn.

»Ja, meinst du, ich will mich vor dem jungen Kerl blamieren?« sagte er. »Die glauben doch sowieso, daß wir alten Säcke von moderner Technik keine Ahnung haben.«

Ostentatives Schweigen im Fond. Ich war sicher, daß es Rita in diesem Augenblick schwerfiel, nichts zu sagen. Vielleicht warfen sie sich ja Blicke zu da hinten. Aber Max bemerkte es nicht, er wollte es nicht bemerken, er hatte nur Augen für die Straße. Und als wir wenig später nach Kirchboitzen kamen und nach hundert Metern der Wegweiser nach Lohmühlen auftauchte und darunter schwarz auf weiß auf einem kleineren Schild *Forellenhof*, da bog Max ab und keiner rief: »Jetzt nach links abbiegen!«

Im *Forellenhof* haben wir dann zu Mittag gegessen: Forelle, blau für die anderen, Müllerin für mich, mit Schwarzwurzeln und Pommes Château und hinterher Rote Grütze. Als wir nach dem Essen am Fluß entlang durch den Wald spazierengingen und die Frauen wie üblich ein Stück zurückblieben, sagte Max zu mir: »Is im Prinzip eine gute Sache, so ein Navigationssystem. Noch nicht ganz ausgereift vielleicht, aber damit muß man sich abfinden, wenn man sich auf Neuland begibt.«

»Vielleicht lag es auch an uns«, sagte ich, »weil wir im entscheidenden Moment nicht gehört haben, was Angela gesagt hat.«

»Ich will dir was sagen«, sagte Max. »Im Grunde kann man so ein Ding gar nicht benutzen, wenn man Frauen im Auto hat. Weil die immer dazwischenquatschen. Wenn der Bernd morgen wieder okay ist, dann machen wir drei eine kleine Spritztour unter Männern. Sollst sehen, dann funktioniert auch das Navigationssystem.«

JOSCHIS PRÜFUNG

Zusammen hatten wir die beiden so gut wie nie gesehen. Natürlich wußten wir, daß Joschi zu Haus eine Frau hatte, die Gaby hieß, und eine Tochter, die in dieselbe Klasse ging wie Max' und Ritas Karsten. Aber wenn er irgendwo in der Stadt auftauchte, war Joschi immer allein. Rita hatte seine Frau ein paarmal beim Elternabend in der Schule getroffen. Ein bißchen scheu sei sie, sagte Rita, aber nett. Und nun auf einmal wollte sie sich von Joschi scheiden lassen.

Joschi saß im TSV-Heim an der Theke, vor ihm schon wieder ein Bier und ein Korn, und fragte jeden, der den Kopf hereinsteckte, ob er seine Frau gesehen habe.

»Deine Frau?« fragte Ettore, der Kellner, der verschwitzt, in Trainingsanzug und Fußballschuhen hereinkam.

»Ja«, sagte Joschi mit schwerer Zunge. »Hab ich mich etwa nicht deutlich ausgedrückt?«

»Auf dem Platz war sie nicht«, sagte Ettore und lachte.

Aber lachen durfte er nicht, weil das mit Joschis Frau eine ernste Angelegenheit war. Seit zwei Tagen war sie weg, hatte die Kleine mitgenommen, und Joschi hatte keine Ahnung, wo sie steckte.

Als Max abends zu uns rüberkam, um sich den neuen Ikea-Katalog auszuleihen, hatte er soeben Frau Beil aus der Redaktion des *Kurier* getroffen. Die hatte ihm die Geschichte mit Joschi erzählt und ihn gefragt, ob er mal mit Herrn Andacht reden könne oder ob er sonst jemand wisse, der mit Joschi befreundet sei. Sie mache sich Sorgen um ihn.

»Der ist völlig von der Rolle«, sagte Max. »Haut sich den Kopp voll Bier und Korn und läßt sich seit Tagen kaum noch in der Redaktion blicken.«

»Wer kann denn am besten mit ihm?« fragte ich.

»Na, du«, sagte Elke, und Max nickte.

Also ich. Ich sollte mit ihm reden. Immer erwarteten alle von mir, daß ich die Dinge wieder in Ordnung bringe. Dabei hatte ich nicht die geringste Ahnung, wie das gehen sollte.

»Du bist der Richtige«, sagte Max. »Dir vertraut er, weil du so eine ausgleichende Art hast.«

Meine ausgleichende Art. Irgendwann kriegt man so einen Stempel aufgedrückt, und dann muß man damit leben, ob man will oder nicht: Das ist der Kalle mit der ausgleichenden Art, der soll sich darum kümmern, der kriegt das schon wieder hin. So bin ich damals auch in den Personalrat gekommen. Als wenn das so einfach wäre, man redet ein bißchen, macht gute Laune und dann vertragen sie sich wieder. Bei Manne und Hella hat alles Reden nichts genützt. Die haben sogar extra geheiratet, damit es besser wird. Aber es ist nur noch schlimmer geworden.

Am nächsten Morgen gegen zehn hab ich aber dann doch vom Büro aus Joschi angerufen. Er war gleich am Apparat, offenbar nüchtern. Wir haben uns in der Mittagspause bei Giulio getroffen, haben gegessen, geredet, Wein getrunken.

»Warum sprichst du nicht mal mit ihr darüber?« sagte ich. »So was kommt doch nicht aus heiterem Himmel. Da muß doch etwas vorgefallen sein, daß die sich nun auf einmal scheiden lassen will.«

»Ich hab keine Ahnung«, sagte Joschi. »Sie hat ja nie etwas gesagt. Wir haben in all den Jahren nicht *einmal* Streit gehabt.«

»Keinen Streit? Nicht *einmal*? In all den Jahren nicht? Und worüber habt ihr gesprochen, wenn ihr euch unterhalten habt?« fragte ich ihn.

»Unterhalten? Wie meinst du das?«

»Na, ihr müßt doch über irgend etwas miteinander gesprochen haben.«

Joschi schaute mich an, nahm einen Schluck, schaute mich noch einmal an, als wolle er sich vergewissern, daß ich wirklich meine, was ich sage. »Was man so spricht«, sagte er dann. »Wir sind ja beide nicht geschwätzig. Ist aber auch gar nicht nötig, viel zu reden. Wir verstehen uns ja auch ohne Worte.«

»So«, sagte ich. »Und warum will sie dann weg?«

Ja, das verstand Joschi eben auch nicht. Wenn er eine Ahnung hätte, was der Grund sein könnte ... Wenn er sich etwas hätte zuschulden kommen lassen ... Aber so.

»Du mußt mit ihr reden«, sagte ich. »Irgendwas muß da doch sein zwischen euch.«

»Ja, soweit bin ich auch schon«, sagte Joschi. »Aber wie soll ich mit ihr reden, wenn ich nicht einmal weiß, wo sie steckt.«

»Du weißt wirklich nicht, wo sie steckt?«

»So ist es«, sagte Joschi. »Sie ist spurlos verschwunden. Und die Kleine mit ihr.«

Ich schaute auf die Uhr. Die Mittagspause war so gut wie um. Dennoch bestellte ich noch ein Glas Wein für Joschi und für mich, weil das Gespräch so nicht enden konnte.

»Die ist doch bestimmt bei ihren Eltern. In solchen Situationen fahren Frauen doch immer zu ihren Eltern.«

»Ist sie nicht«, sagte Joschi. »Da war ich schon.«

Und nun erzählte er mir, wie er seine Schwiegereltern angerufen habe. Ob die Gaby bei ihnen sei, habe er gefragt.

»Wieso soll die bei uns sein?« habe sein Schwiegervater zurückgefragt.

»Weil sie nicht hier ist.«

»So«, habe da sein Schwiegervater gesagt. »Bei uns ist sie jedenfalls nicht.« Und dann habe er in seiner unausstehlich rechthaberischen Art noch hinzugefügt: »*Ich* weiß *immer*, wo meine Frau steckt.«

Da habe er, sagte Joschi, den Hörer aufgeknallt, weil ihm sonst der Kragen geplatzt wäre und er Dinge gesagt hätte, die er womöglich später bereut hätte. Aber dann sei ihm plötzlich der Verdacht gekommen, der Alte könne ihn einfach belogen haben. Also sei er mit dem Auto nach Lüneburg gefahren, um sich selbst von der Wahrheit zu überzeugen. Jede Tür im Haus seiner Schwiegereltern habe er aufgerissen. Nichts. Richtig ausgerastet sei er, habe sich wie ein Idiot benommen.

Als ich endlich ins Büro zurückkam, empfing mich unsere Praktikantin mit der Nachricht, ich solle zu Dr. Hausdorf kommen. »Sofort«, sagte sie.

»Ach ja?«

Ich lächelte amüsiert und setzte mich zuerst einmal an meinen Schreibtisch. Geradezu aufreizend langsam nahm ich die einzelnen Papiere, die darauf lagen, überflog sie, legte sie auf kleine Stapel. Dann griff ich zum Telefon, rief in der Registratur an, ließ mir die Nummer des neuen Reiseabrechnungsformulars geben, ging an den Aktenschrank, nahm einen Ordner heraus, blätterte darin, als suchte ich dringend einen Vorgang, ging zurück zu meinem Schreibtisch.

»Ach, Frau Urban«, sagte ich zu der Praktikantin, »gehen Sie doch bitte gleich mal zu Herrn Rohrbach und holen Sie die neuen Reiseabrechnungsformulare. Hier ist die Nummer.«

Erst als die Praktikantin aus dem Zimmer war, machte ich mich auf den Weg in den zweiten Stock. Als ich zu Herrn Dr. Hausdorf ins Zimmer trat, schaute der demonstrativ auf seine Armbanduhr.

»Eineinhalb Stunden Mittagspause? Halten Sie das für korrekt, Herr Seifert?«

»Ich wurde aufgehalten. Mußte einem Freund bei persönlichen Problemen helfen. Im übrigen bin ich schon seit einiger Zeit wieder in meinem Büro. Ich hatte aber noch einige wichtige Anrufe zu erledigen, bevor ich zu Ihnen kommen konnte«, sagte ich.

»Vor sieben Minuten waren Sie noch nicht in Ihrem Büro, Herr Seifert. Wenn das häufiger geschieht, werde ich um eine Abmahnung nicht herumkommen.«

Eine Abmahnung! Wofür hielt sich dieser eingebildete Laffe mit seinem glatten Skilehrergesicht? Noch Stunden später spürte ich den Druck auf dem Magen, den mir seine Unverschämtheit verursacht hatte. Darum ging ich, bevor ich Elke vom Laden abholte, noch schnell beim *Café Kabel* vorbei und ließ mir einen doppelten Ouzo geben. Fitek saß in einer Ecke. Mit Wesemann. Hatten offenbar wieder was zu bereden. Ich grüßte hinüber, Wesemann winkte, jovial wie immer, Fitek grüßte verlegen zurück. Offenbar war es ihm peinlich, daß ich ihn mit Wesemann sah. Merkwürdig genug war es ja auch, daß die beiden hier zusammensaßen, als wäre zwischen ihnen nie etwas vorgefallen. Aber vielleicht war da ja tatsächlich nie etwas, vielleicht haben sie sich damals tatsächlich ganz friedlich geeinigt. Wie zwei Gentlemen.

Im *Paper Moon* waren Elke und Rita.

»Na, alles wieder in Butter?« rief mir Elke entgegen, als ich eintrat.

»Nee«, sagte ich. »gar nichts ist in Butter. Wie soll da was in Ordnung kommen, wenn Joschi nicht mal weiß, wo seine Frau steckt?«

»Das kann ich dir sagen«, sagte Rita. »Die ist bei seinen Eltern in Hannover.«

Elke kicherte. Ich war platt. »Und woher weißt du das?«

»Das hat mir Karsten erzählt. Am letzten Freitag wurden alle in der Klasse gefragt, was sie in den Herbstferien machen. Und da hat die kleine Andacht erzählt, daß sie mit ihrer Mutter zu Opa Herbert nach Hannover fährt und daß sie sich die Expo ansehen würden«, sagte Rita.

»Und Scheidung?« fragte ich.

»Alles Quatsch«, sagte Rita. »Joschi spinnt, und du hast dich wieder mal für nichts und wieder nichts einspannen lassen.«

Tatsächlich war die Familie Andacht schon am nächsten Tag wieder friedlich vereint. Und nun stellte sich heraus, daß Frau Andacht Joschi drei Tage vor der Abreise alles haarklein erzählt hatte: daß seine Eltern sie eingeladen hätten, daß sie und die Kleine am Samstag mit dem Zug fahren und am Mittwoch zurückkommen würden, daß sie bei den Großeltern wohnen könnten, daß sie sich zusammen die Expo anschauen würden. Allerdings hatte sie das erzählt, während im Fernsehen das Europacupspiel der Bayern gegen Ajax Amsterdam lief, und Joschi hatte immer nur genickt und »Jaja« und »In Ordnung« gemurmelt, aber überhaupt nicht hingehört, und den Zettel auf dem Küchentisch hatte er auch nicht entdeckt, auf dem stand, daß er nicht vergessen solle, am Montagmorgen die Mülltonne rauszustellen, weil er seit dem Verschwinden seiner Lieben die Küche gar nicht betreten hatte.

Als ich Joschi zwei Tage später auf dem Alten Markt traf, war er geschäftig wie immer. »Hab gar keine Zeit«, rief er mir zu, als er mich sah. Aber ich hielt ihn am Ärmel fest.

»Wie war das?« sagte ich. »Du und deine Frau, ihr versteht euch auch ohne Worte?«

»Stimmt«, sagte er. »Warum fragst du?«

Entweder stellte er sich dumm, oder er wußte tatsächlich nicht, was ich meinte. In jedem Fall war es sinnlos, von ihm Einsicht zu erwarten.

»Ich wollte nur mal wissen«, sagte ich, »ob ich mich da nicht verhört habe.«

EINE BEERDIGUNG

Karl hatte zu. Schon von weitem sah ich, daß etwas nicht stimmte: die Rolläden vor den Fenstern waren heruntergelassen. Ich drückte die Klinke, die Tür war verschlossen. Kein Schild, nichts. Elke war bei Barbara, sie half ihr bei der Quartalsabrechnung. Außerdem war Bernd seit gestern wieder im Krankenhaus in Bremen. Zur Untersuchung, hieß es. Aber Elke meinte, daß sie wohl noch mal eine Laserbehandlung machen würden, weil doch noch nicht alles weg sei.

Es war warm, die Luft roch nach Heu und verblühendem Flieder. Darum ging ich nicht gleich nach Haus, sondern machte einen Umweg. Als ich durch die Lönsstraße kam, stand der Meergans am Gartenzaun: »Schon gehört? Karls Maria ist gestorben.«

»Was? Maria? Aber war die denn krank?«

»Soll heute morgen auf der Straße einfach umgefallen sein«, sagte Meergans. »Herzinfarkt oder Gehirnschlag oder so was.«

Am nächsten Morgen, einem Samstag, las ich dann die Anzeige in der Zeitung:

Wir nehmen Abschied von
Frau Maria Esteban-Ratjen.
In stiller Trauer
Karl Ratjen und Julio Andres Esteban-Thiess.

Kein Sterbedatum und keine Angaben zum Zeitpunkt der Beerdigung.

»Wußtest du, daß Karl und Maria verheiratet waren?« fragte ich meine Frau.

»Das fragst du mich? Ich denke, du warst mit Karl befreundet. Du müßtest das doch eigentlich wissen.«

»Und dieser Julio Andres Esteban-Thiess, das muß wohl ihr Sohn aus erster Ehe sein.«

»Keine Ahnung«, sagte Elke. »Ihr sitzt doch jeden Abend zusammen. Worüber redet ihr denn da eigentlich, wenn du das nicht mal weißt?«

Ja, worüber redeten wir? Ich kannte Karl schon seit fünfunddreißig Jahren, noch aus der Zeit, als er den Abenteuerspielplatz am Boltenkamp leitete und jeden zweiten Tag Ärger mit der Stadtverwaltung hatte. Später hat er sogar mal zum Stadtrat kandidiert für die *Bunte Liste*. Wir Jüngeren haben ihn alle unterstützt, aber es hat dann doch nicht ganz gereicht. Maria tauchte erst auf, als er schon das *Bossa Nova* hatte. Ich glaube, er hat sie in Bremen kennengelernt. Es hieß, sie habe in Santiago de Chile studiert und sei gleich nach dem Putsch 1973 in ihr Heimatland Bolivien abgeschoben worden. Keine Ahnung, wie sie dann nach Bremen gekommen ist.

Wenn ich jetzt darüber nachdenke, glaube ich, daß ich mich mit Karl eigentlich nie richtig unterhalten habe. Persönlich, meine ich. Bernd, Max, Alfred, Manne und die anderen auch nicht, nehme ich an. Das blieb immer alles eher allgemein und unverbindlich. Man flachste sich gegenseitig an, wechselte den einen oder anderen Satz über Dinge, die man in der Zeitung gelesen oder im Fernsehen gesehen hatte. Mehr war da eigentlich nicht. Früher haben wir manchmal diskutiert, aber da ging es immer um politische Dinge. Über persönliche Angelegenheiten haben wir nie gesprochen.

Wäre ihm vielleicht auch gar nicht recht gewesen, wenn ich damit angefangen hätte.

Eine merkwürdige Beerdigung. Karl und Marias Sohn standen steif und unbeweglich neben dem Grab, der eine lang und hager, mit versteinertem Gesicht, die grauen Haare hinten zu einem Zopf gebunden, der andere klein, dicklich, mit Brille und schwarzem Schnauzer, und wir gingen einer nach dem anderen zu ihnen hinüber, nahmen die Schaufel, warfen etwas Erde auf den Sarg, gaben den beiden die Hand und murmelten irgend etwas von Beileid. Lauter Männer: Max, Alfred, Giulio, Meergans, Lindemann, der Hausmeister der Anne-Frank-Schule, ein Kroate, der Popović oder so ähnlich hieß, Herr Matthies vom Schachclub und ich. Und ganz zum Schluß Frau Labus, die bei Karl putzte und manchmal auch Einkäufe für ihn erledigte. Sie hatte eine rote Rose in der Hand. Nachdem sie die Schaufel in das Becken mit Erde zurückgesteckt hatte, blieb sie lange stehen, blickte uns an, als verstehe sie nicht recht, was wir hier zu suchen hatten, und warf dann die Blume hinunter ins Grab.

Erde zu Erde, Asche zu Asche, Staub zu Staub. Wenn da nicht die Rose von Frau Labus gewesen wäre, man hätte glatt vergessen können, daß da unten ein Mensch lag oder was davon übrig war. Plötzlich sah ich sie wieder vor mir, Maria, wie sie in der Tür hinter der Theke stand, mit den grauen Strähnen im blauschwarzen Haar, wie ihr Blick über uns hinfuhr, bis er für einen Augenblick an Karls Augen hängenblieb, während aus der Musikbox dieses Lied ertönte, das wir früher immer gehört haben: *Girl from Ipanema*.

Sie hätte sich nie wie Karl zu uns an den Tisch gesetzt. Sie gehörte in die Küche. Wie hätten wir ahnen sollen, daß die beiden verheiratet waren?

Wir standen noch eine Weile unschlüssig am Grab herum, dann gingen wir zögernd zum Ausgang zurück. Der Pfarrer hatte Karl und Julio Andres noch einmal die Hand gedrückt, nun nickte er uns zum Abschied zu. Ja, das mußte er sein, Marias Sohn aus erster Ehe, der die erste Zeit hier bei ihr gewohnt hatte. Später war er dann wohl bei seinem Vater in Bremen gewesen. Ich erinnere mich, daß er manchmal am frühen Abend an einem Tisch in der Kneipe saß und seine Schularbeiten machte. Er hieß immer nur Andreas, vielleicht nach dem Vater. Aber die blauschwarzen Haare und die Olivenhaut, das sah man, die hatte er von Maria.

»Und jetzt?« fragte ich. »Setzen wir uns noch einen Augenblick zusammen?«

»Ich hab Karl mein Nebenzimmer angeboten«, sagte Giulio. »Aber er wollte nicht. Wenn ihr meint … Mein Angebot steht.«

Wir sahen, wie Karl und Julio Andres langsam zum Parkplatz hinübergingen. Eine Weile standen sie sich gegenüber, sprachen miteinander, dann stiegen sie in Karls Auto und fuhren davon. Frau Labus war weit und breit nicht zu sehen, vielleicht war sie noch am Grab geblieben.

»Was meinst du?« fragte ich Max.

Der zuckte nur mit den Schultern. Eine ganze Weile standen wir herum, unschlüssig, was wir mit uns anfangen sollten. Dann gingen Herr Popović und Herr Matthies, und Giulio sagte: »Na, was ist? Kommt ihr mit?«

Als wir bei Giulio ankamen, war Mittagszeit und das Lokal bis auf den letzten Platz gefüllt. Das halbe Amtsgericht war da. Giulios Frau half Ettore beim Bedienen, weil der es allein nicht schaffte.

»Giulio«, sagte sie, »wo bleibst du? Ich muß in die Küche.«

Giulio bugsierte uns ins Nebenzimmer, kam gleich darauf mit einem Stapel Speisekarten zurück.

»Ihr seid bei mir eingeladen. Essen und Trinken. Wenn Karl schon keine Beerdigungsfeier macht, dann mach ich sie eben.«

Erst jetzt fiel mir auf, daß Alfred nicht mehr dabei war.

»Wo ist Alfred?« fragte ich Max.

»Der hat sich verdrückt«, sagte er. »Hatte noch was zu tun.«

»Was hat denn der so Wichtiges zu tun?«

»Keine Ahnung«, sagt Max. »Vielleicht wollte er auch nur das Mittagsgeschäft nicht verpassen.«

»Der Kiosk ist geschlossen«, sagte ich und zeigte aus dem Fenster.

»Dann hatte er vielleicht nur keine Lust«, sagte Max. »So ein Leichenschmaus ist nicht jedermanns Sache.«

Giulio verschwand, um beim Bedienen zu helfen. Nach einer Viertelstunde kam Ettore, nahm unsere Bestellungen auf. Erst als wir schon fast mit dem Essen fertig waren, setzte sich Giulio zu uns.

»Die Maria«, sagte er, »war ein Glücksfall für den Karl. Ohne sie wird es schwer für ihn.«

»Ja«, sagte Lindemann. »War 'ne prima Frau.«

»Aber um ihr eigenes Kind«, sagte Max, »diesen Andres oder Andreas, hat sie sich wohl nicht so sehr gekümmert.«

»Das lag am Vater«, sagte Lindemann. »Der hat vor Gericht durchgesetzt, daß der Sohn zu ihm kommt. Hatte sich ein Gutachten besorgt, darin stand, daß die Mutter sich nicht ausreichend um das Kind kümmere und eine Gastwirtschaft sowieso nicht der richtige Ort sei, ein Kind aufzuziehen.«

»Woher weißt du das alles?« fragte ich.

»Von Maria«, sagte Lindemann. »Sie war mal bei uns,

um einen Brief zu übersetzen, den meine Frau von einem Rechtsanwalt in Caracas erhalten hatte. Ein Großonkel hatte sie in seinem Testament erwähnt. Im Grunde sollte sie nur bestätigen, daß sie keine Erbansprüche erhebe. Da sind wir mit ihr ins Gespräch gekommen, und sie hat uns die Geschichte erzählt.«

»Dazu kam«, sagte Giulio, »daß Karl gerade diese Drogengeschichte hinter sich hatte. Ohne Maria wäre er da nie rausgekommen. Aber als es um das Kind ging, hat der Vater das vor Gericht natürlich gegen sie benutzt.«

»Und Karl?« fragte Max.

»Der hätte den Kleinen am liebsten adoptiert«, sagte Lindemann. »Aber das wäre ja sowieso nicht gegangen. Wenn du einmal was mit Drogen zu tun gehabt hast, hast du da keine Chance.«

»Na ja«, sagte da der Meergans, »stellt euch mal vor, ihr wärt so ein Richter und müßtet das entscheiden. Drogen und Kinder … wenn da was schiefgeht, fallen doch alle über dich her. Woher soll der Mann wissen, daß Karl okay is?«

»Ein Kind gehört zur Mutter«, sagte Giulio. »Mehr muß so ein Richter gar nicht wissen.«

Damit war das Thema eigentlich abgeschlossen. Nur fiel mir jetzt auf einmal wieder ein, was Elke gesagt hatte, als ich die Todesanzeige in der Zeitung las und ich nicht einmal wußte, daß Karl und Maria verheiratet waren.

»Wißt ihr eigentlich«, fragte ich, »was Karl für ein Mensch ist? Ich meine, habt ihr mal mit ihm über was Persönliches gesprochen?«

Alle blickten mich an, als hätte ich die Trompete zum Jüngsten Gericht geblasen.

»Was willst du damit sagen?« fragte Max.

»Na, daß Karl nicht hier ist, daß er jetzt nicht mit uns zusammensitzt, jetzt, wo er doch Freunde gebrauchen könnte, das ist doch irgendwie seltsam. Findet ihr nicht?«

Keiner sagte was. Max und Meergans hielten die Köpfe gesenkt und schwiegen vor sich hin. Lindemann schaute mich von unten an, sagt aber auch nichts. Bis Giulio die Situation rettete. »Der hat jetzt«, sagte er, »seinen Sohn wiedergefunden. Da kann er uns nicht gebrauchen. Ist doch klar, oder?«

Vielleicht hatte Giulio sogar recht. Aber irgendwie ging es mir trotzdem nicht aus dem Sinn, was Elke gesagt hatte: Worüber redet ihr eigentlich? Daß man so lange mit jemand befreundet sein konnte oder zumindest glauben konnte, mit ihm befreundet zu sein, und doch eigentlich gar nichts von ihm wußte. Es war fast so, als gäbe es zwei Wirklichkeiten, eine, in der wir miteinander lebten, und eine andere, die dahinter oder darunter lag, die vielleicht wichtiger war, von der wir aber so gut wie nichts wußten, vielleicht auch gar nichts wissen wollten. Und wenn mal ein Zipfel dieser anderen Wirklichkeit sichtbar wurde, dann schlossen wir die Augen und redeten schnell über was anderes. Aber vielleicht, dachte ich, geht es nur so, daß man diese andere Wirklichkeit auf sich beruhen läßt, weil es sonst zu kompliziert würde, das Leben.

WISST IHR NOCH?

»Wißt ihr noch, wie der Hammerstein …?« Klar wissen wir, jeder hier kennt die Geschichten vom versoffenen Baron von Hammerstein. Aber das ist kein Grund, sie nicht zu erzählen. Immer wieder müssen wir uns die Geschichten erzählen, die wir alle längst kennen, weil sonst alles womöglich auseinanderbricht und wir vielleicht gar nicht wüßten, daß es uns noch gibt in diesem vergessenen Winkel der Welt.

Als ich ein junger Mann war, Elke und ich hatten uns zwar schon kennengelernt, aber von Heirat war noch keine Rede, da war der Hammerstein ein stadtbekanntes *Original*. Das sagte man jedenfalls so: Original. Vielleicht war er das aber nur aus unserer Sicht, weil wir aus allem immer Geschichten machen, selbst noch aus dem, was sich eigentlich gar nicht dazu eignet, weil es das blanke Elend ist.

Am Alten Markt fuhr er mit seinem Mercedes im Suff zu schnell um die Kurve, so daß der Pferdetransporter mit dem Apfelschimmel darin gegen eine Hauswand prallte und zu Bruch ging. Das Tier blieb merkwürdigerweise unverletzt. Es schüttelte sich, schaute sich verwundert um und trabte dann durch die Fußgängerzone. Bei Blumen-Böse fraß es die Tulpen aus den Eimern, und als die Verkäuferin rauskam und schrie, kriegte es einen Schreck, galoppierte davon und riß vor der Buchhandlung Peters den Kasten mit den verbilligten Büchern um.

Später stand das Pferd ganz friedlich auf dem Hof des städtischen Kindergartens, alle Kinder drum herum, die Mutigen streichelten ihm die Flanken, bis die Polizei mit einem Tierarzt kam, um es abzuholen. Die Kinder malten das Ereignis am nächsten Tag. Alle malten ein großes weißes Pferd, nur die kleine Holthusen malte einen Polizisten. Und die ist dann später, Ende der siebziger, Anfang der achtziger Jahre, prompt bei der RAF gelandet.

Eine Geschichte ohne Pointe. Das passiert mir häufiger in letzter Zeit, daß ich anfange zu erzählen, und dann geht mir auf einmal die Luft aus, oder der Geschichte selbst geht die Luft aus wie die Geschichte mit der Hand, die der Lindemann am Kanal gefunden hat. Plötzlich weiß man nicht mehr, worauf sie eigentlich hinausläuft, wie sie zu Ende geht, wenn sie überhaupt zu Ende geht.

Samstagvormittag. Elke war im Geschäft. War eigentlich nichts für sie, so früh aufzustehen, aber als sie mir an diesem Morgen um acht den Kaffee und die Zeitung brachte, wirkte sie richtig aufgekratzt.

»Lies mal das hier!« sagte sie und zeigte auf eine kleine Meldung unter *Lokales*.

Während ich las, saß sie da und konnte gar nicht erwarten zu sehen, wie ich reagierte. *Der Gastronom Giulio Gambettini*, stand da, *hat den Zuschlag für den* Ratskeller *erhalten. Nach gründlicher Renovierung wird das Lokal Anfang September neu eröffnet.*

Giulio würde den *Ratskeller* übernehmen! Das war ein Ding, wo er doch angeblich mit Alfred zusammen ein Restaurant in Rovereto aufmachen wollte. Aber vielleicht war das ja nie mehr als eine Schnapsidee gewesen. Nur daß Alfred, soviel ich wußte, fest daran geglaubt hatte. Und nun hatte er den Kiosk verkauft …

»Und Alfred«, sagte ich, »hat tatsächlich geglaubt, daß Giulio das ernst meint mit dem Restaurant in Rovereto.«

»Wenn Alfred unbedingt nach Italien will«, sagte Elke, »dann braucht er sich bloß in den Zug zu setzen. Zeit genug hat er ja jetzt.«

»Zeit ...«, sagte ich. »Darum geht es nicht.«

»Worum geht es dann?«

»Das war für Alfred wie eine fixe Idee«, sagte ich. »Noch einmal etwas ganz anderes machen im Leben. Darum hat er sich von seinem Hund getrennt, darum hat er den Spanischkurs in der Volkshochschule belegt.«

Lange nachdem Elke gegangen war, spürte ich immer noch ihren Blick auf mir.

»In etwas mehr als vier Wochen fahren wir in Urlaub«, hatte sie gesagt. Sie hatte es mit diesem merkwürdigen Blick gesagt, so, als gäbe es da einen Zusammenhang zu dem, was ich über Alfred gesagt hatte, und seitdem saß ich hier und dachte über alles mögliche nach, und es fielen mir all die alten Geschichten wieder ein, die wir uns erzählen – wißt ihr noch? wißt ihr noch? –, Geschichten, die von uns selber handeln, von unserer Welt, Geschichten, in denen wir gefangen sind wie Fliegen im Bernstein. Nur der Manne, ausgerechnet der, hat den Absprung geschafft. Aber wer weiß, ob das für ihn das Richtige ist, Südafrika ...

Wißt ihr noch ...? Wißt ihr noch, wie das war, als Rita ihren vierundvierzigsten Geburtstag feierte? Da war Max noch in Santos. Der Geburtstag selbst war an einem Donnerstag gewesen, aber wir hatten für Samstag eine Überraschung vorbereitet. Das heißt, es war eigentlich Bernds Idee gewesen, aber wir haben alle mitgeholfen. Silvie hatte die Aufgabe, Rita am Vormittag in die Stadt zu lotsen, damit Elke, Barbara, Bernd und ich das Partyzelt unbeobachtet hinten im Garten aufstellen konnten und die Bänke und Tische und die alte Tischtennisplatte für das Buffet. Mit Silvie hatten wir ausgemacht, daß sie anrufen solle, sobald Rita und sie sich auf den Heimweg machten, aber dann standen die beiden plötzlich in der Tür, bevor wir mit allem fertig waren.

Gefreut hat Rita sich natürlich trotzdem, und als dann noch Hella und Manne und schließlich auch noch Ritas Bruder und ihre Schwägerin aus Stade kamen, da war es doch noch so etwas wie eine Überraschungsparty geworden. Bis der Wolkenbruch kam. Ich erinnere mich, daß wir gerade beim Essen saßen und Bernd – oder war es Barbara? – die Geschichte vom alten Hammerstein und dem Apfelschimmel erzählte, da platzte der Regen los, dem das dekorative Gutwetterzelt nicht gewachsen war. Also mußte alles in Windeseile ins Haus geschafft werden. Alle liefen hin und her mit Schüsseln, Tellern und Gläsern, und als wir schließlich alles in der Küche abgestellt hatten, sahen wir wie begossene Pudel aus.

»He! Wird das hier eine Wet-T-Shirt-Party?« rief Silvie, als sie ihre Mutter in ihrem Sommerkleid sah, das ihr am Körper klebte. Und da packte Bernd Rita am Arm und zog sie in den Garten hinaus, und sie tanzten auf dem Rasen im strömenden Regen, ganz versunken tanzten sie und so unverschämt eng umschlungen, daß ich einen Schreck kriegte, weil ich dachte, daß die das vor Barbara nicht machen sollten. Aber auf einmal waren wir alle draußen, tanzten, kreischten, wälzten uns im nassen Grün, und Rita riß sich die Kleider vom Leib und Barbara und wir anderen auch, und Karsten schrie immer nur: »Eine Wet-T-Shirt-Party! Eine Wet-T-Shirt-Party!« Aber das war es nicht. Es war ein Taumel, eine Orgie, ein Augenblick göttlicher oder teuflischer Besinnungslosigkeit, als wäre die Welt auf den Grund des Ozeans gesunken, wo es keine Gesetze und Regeln gibt, und wir, aller Fesseln ledig, sind auf einmal frei, wie ahnungslose Kinder oder Tiere.

Ich glaube, Max weiß bis heute nichts davon. Jedenfalls nichts von dem, was sich da im Regen auf seinem Rasen abgespielt hat. Darüber haben wir nie geredet. Es ist, als wäre es nicht geschehen oder als wäre es uns geschehen, wie uns etwas im Traum geschieht, etwas Unwiderstehliches, ganz und gar Unbegreifliches, das uns mit sich wegschwemmt, uns an Ufer wirft, die wir nie zuvor betreten haben und von denen wir wissen, daß wir sie nie wieder betreten werden. Ich habe nie mit jemand darüber gesprochen, nicht mit Bernd und auch mit Elke nicht, keine Anspielung, nichts. Vielleicht haben wir aus Scham geschwiegen, vielleicht aber auch, weil uns die Erinnerung daran zu kostbar ist.

Ich schreckte hoch, als es klingelte, und als ich die Tür aufmachte, stand Rita draußen und sagte, sie müsse Barbara im Geschäft ablösen, weil Bernd aus dem Krankenhaus nach Haus entlassen werde. Ganz plötzlich, sagte sie.

»Entlassen?«

»Ja«, sagte sie. »Irgendwie haben die vergessen, Barbara rechtzeitig Bescheid zu sagen.«

Sie sah mich an, ihre Augen flackerten, als wäre sie selbst erschrocken über das, was sie gesagt hatte.

»Entlassen«, sagte ich noch einmal. Sie nickte, und auf einmal hatte ich das Gefühl, sie könne gleich zu weinen anfangen und ich müßte sie in den Arm nehmen und an mich drücken, um die Zeit anzuhalten.

»Kannst du Karsten um elf zum Volleyball bringen?« fragte sie. »Max ist nicht da. Ich hol ihn dann wieder ab.«

»Mach ich«, sagte ich.

Ich stand eine ganze Weile auf den Stufen vor der Tür, sah Rita mit ihren energischen Schritten in Richtung Pascalstraße davongehen, sah, wie sie um die Ecke bog und gleich darauf die Briefträgerin mit ihrem Fahrrad auftauchte und wieder verschwand. In genau zehn Minuten würde sie von Karls Kneipe her unsere Straße heraufkommen und Briefe und Werbebroschüren in die Briefkästen stecken, und ich würde zum Briefkasten gehen und feststellen, daß wieder nichts Wichtiges dabei ist, und dann käme wahrscheinlich der Lehrer Fries vorbei, »Tach, Herr Fries!«, »Guten Tag, Herr ...«, wie immer käme er nicht auf meinen Namen, es wäre alles so wie immer, warum sollte es auch anders sein, und doch hatte ich auf einmal ganz deutlich das Gefühl, daß etwas in diesem Augenblick zu Ende ging, etwas Unwiederbringliches, etwas, das sich nicht so einfach in eine Geschichte packen und fort- und forterzählen ließ.

NACHTFAHRT

Ich habe mich oft gefragt, wie das funktioniert: etwas geschieht, die Leute sehen es oder erfahren über andere davon, und dann wird daraus eine Geschichte – mit Anfang und Ende. Dabei hat alles, was passiert, natürlich eine Vorgeschichte, die nicht erzählt wird, und ein Nachspiel, über das auch niemand ein Wort verliert. Aus dem Strom der Geschehnisse greifen wir einen Strang heraus, geben ihm einen Anfang und ein Ende und sagen: So war das damals, so ist es gewesen. Nur wenn einer stirbt, der uns nahe war, dann kann es sein, daß es uns die Sprache verschlägt, weil wir begreifen, daß manche Geschichten zu Ende sind, bevor wir sie zu Ende erzählt haben.

Letzten Sonntagmorgen kurz vor acht rief Barbara an: »Bernd ist tot.« Ich stand da, hatte den Hörer am Ohr, hörte sie atmen und brachte kein Wort heraus. Überrascht war ich nicht, ich hatte es erwartet, wir alle hatten es erwartet. Daß sie ihn aus dem Krankenhaus nach Haus entlassen hatten, war kein gutes Zeichen gewesen. Sie wußten, daß sie nichts mehr für ihn tun konnten. Sie hatten ihn aufgegeben. Aber nun stand ich da wie betäubt, und die Zeit verstrich und ich hörte, wie Barbara am anderen Ende atmete. Elke rief etwas aus dem Schlafzimmer, ich verstand es nicht, es war alles so unendlich weit weg, wie aus dem All drangen die Geräusche zu mir, Barbaras Atmen, die Stimme meiner Frau.

Dann stand Elke plötzlich neben mir. Sie sah mich an, nahm mir den Hörer aus der Hand: »Barbara?« Ich hörte das Schluchzen aus dem Hörer, und Elke sagte: »Ich komme. Bleib, wo du bist. Ich komme.« Sie legte auf, sah mich an, dann schlang sie plötzlich ihre Arme um meinen Hals und drückte mich fest an sich. Erst da begriff ich wirklich, was geschehen war. Elke zog den Mantel über ihr Nachthemd und rannte in Hausschuhen auf die Straße hinaus. Durch die offene Tür drang der Duft von Jasmin aus dem Vorgarten herein. Ich glaube, ich habe ihn niemals so intensiv wahrgenommen wie in diesem Augenblick.

Alfred sitzt bei Karl neuerdings wieder an dem kleinen Tisch neben der Tür. Wie früher. Seinen Kiosk hat er verkauft, er ist im Ruhestand. Im nächsten Jahr, sagt er, will er an einer Gruppenreise nach Polen teilnehmen: Danzig, Warschau, Krakau, Zakopane. Neulich traf ich ihn im Stadtpark, als ich von der Arbeit kam und einen Umweg machte, weil Elke frühestens in einer Stunde aus dem Geschäft nach Hause kommen würde. Er saß auf einer Bank am Schwanenweiher, und als ich mich zu ihm setzte, sagte er mir, er habe das damals durchaus ernst gemeint mit dem Restaurant in Rovereto. Aber er verstehe, daß Giulio sich anders entschieden habe. Das Angebot, den *Ratskeller* zu übernehmen, hätte er einfach nicht ablehnen können. Und dann sagte er noch, daß er mit dem Gedanken spiele, sich wieder einen Hund anzuschaffen.

Karl hat jetzt für die Küche einen Tschechen, der Serviettenknödel macht und Schweinebraten mit Kraut. Chili con carne gibt es auch noch, aber es schmeckt nicht mehr so wie bei Maria, und die Empanadas sind von der Karte verschwunden. Sonst ist alles wie früher, nur Meergans läßt sich seit einiger Zeit nicht mehr blicken. Dafür kommt Fitek jetzt manchmal, allein oder mit Frau, wegen der Serviettenknödel.

Neulich saßen Max und ich allein am Tisch vor unserem Bier. Lindemann guckte rein, wollte aber nur Zigaretten und verschwand gleich wieder.

»Ich hab den Meergans gesehen«, sagte Max. »Saß im *Café Kabel*. Und weißt du mit wem?«

»Woher soll ich das wissen?«

»Mit Hella.«

»Hella?«

»Ja«, sagte Max. »Und geturtelt haben sie wie die Teenager.«

»Meergans ...«, sagte ich. »Macht wahrscheinlich den Umbau der Parfümerie.«

»Und macht sich auch sonst nützlich«, sagte Max, »solange Manne weit genug weg ist.«

Bei Bernds Beerdigung waren alle da, außer Manne natürlich. Sogar der Oberstaatsanwalt und Dr. Hausdorf waren gekommen und Mötenhoff, der seit kurzem zweiter Bürgermeister ist, und die Völkers vom Ordnungsamt und der halbe TSV, weil Bernd dort mal kurze Zeit Jugendtrainer war. Bernds Schwester war aus Delmenhorst angereist und hatte den gebrechlichen Vater aus dem Altersheim in Bremen mitgebracht. Und Barbaras Eltern. Der Oberstaatsanwalt hielt eine Rede, in der es um eine große Reise ging, auf die Bernd sich begeben habe, und als alles schon fast vorüber war, kam tatsächlich Nana, ohne ihren Kaffeeröster, und warf einen Strauß Veilchen ins Grab.

Aber hinterher bei Karl waren wir unter uns, nur Barbaras Eltern saßen schweigend dabei und verschlangen Kaffee und Kuchen. Bernds Schwester war gleich nach der Beerdigung wieder verschwunden, weil sie den Vater zurück nach Bremen in sein Heim fahren mußte. Und als Karl eine Lage Korn für die Männer und Irish Coffee für die Frauen gebracht hatte, sagte Barbara, sie wisse wohl, daß Bernd kein

Heiliger gewesen sei, aber trotzdem oder gerade deswegen sei er der beste Ehemann gewesen, den sich eine Frau nur wünschen könne.

Im Amtsgericht werden sie Bernds Stelle erst mal nicht besetzen. Natürlich haben wir vom Personalrat dagegen protestiert, aber im Grunde ist es mir ganz recht, daß da nicht gleich ein anderer auf seine Stelle kommt. Mittags geh ich jetzt manchmal zu Giulio, weil Alfred ja nicht mehr da ist und sein Nachfolger keine Bockwurst mit Kartoffelsalat hat, sondern nur noch Hot dogs, die nach gar nichts schmecken und in einem pappigen Brötchen stecken. Immer häufiger laß ich aber die Mittagspause ganz ausfallen und geh dafür abends etwas früher nach Haus, oder ich sitze im *Paper Moon* auf einem der Thonnet-Stühle, trinke einen Espresso, lese ein bißchen in einem Buch und warte, bis Elke Feierabend macht.

Barbara hat immer noch ihre Eltern zu Besuch. Offiziell, damit sie ihr bei all den Angelegenheiten helfen, die nach Bernds Tod zu erledigen sind. Aber in Wirklichkeit nehmen sie Barbara, kaum daß sie abends aus dem Laden nach Hause kommt, so in Anspruch, daß sie die Tage zählt, bis sie wieder abreisen. Neulich, als sie aus dem Haus trat, um zum Laden zu gehen, kam Frau Nasrallah auf sie zu. »Mein tief empfundenes Beileid«, sagte sie. »Danke«, sagte Barbara. Für einen Moment hatte Barbara den Eindruck, daß Frau Nasrallah noch etwas sagen wollte. Aber dann wandte sie sich um und ging davon.

Max und Rita haben wieder mal Ärger mit Silvie. Sie will jetzt doch schon mit der mittleren Reife von der Schule abgehen. Das Abitur könne sie sich schenken, sagt sie, denn sie möchte eine Schreinerlehre machen und später dann vielleicht mit ihrem neuen Freund, einem Kunstschreiner, auf *Petra's Ranch* eine Schreinerwerkstatt aufmachen. Ich sage nichts dazu, ich werde nicht gebraucht, weil Silvie jetzt ja gleich zwei männliche Bezugspersonen hat: Max und ihren Freund.

Gestern abend hab ich mich auf die Zündapp gesetzt und bin einfach zur Stadt hinausgefahren, die Osnabrücker Straße entlang und dann immer weiter nach Süden, und wie ich so dahinfuhr in der Abendkühle, und zu beiden Seiten die tiefen Wiesen goldrot im Licht der untergehenden Sonne, da liefen mir auf einmal die Tränen herunter. Kann sein, daß das vom Fahrtwind kam. Erst kurz vor Diepholz, als eine blasse Mondsichel vor mir über den Bäumen erschien, bin ich umgekehrt und langsam zurückgefahren.

Als ich nach Haus kam, war Elke da und wartete auf mich.

»Wo bist du gewesen?« fragte sie.

»Ich hab mal ausprobiert, wie es gewesen wäre, wenn Bernd und ich nach Italien gefahren wären«, sagte ich. »Bin aber nicht weit gekommen.«

Sie sah mich forschend an.

»Machst du dir Vorwürfe, daß aus eurer Reise nichts mehr geworden ist?«

»Vorwürfe?« sagte ich. »Nein, Vorwürfe eigentlich nicht. Es ist nur nicht leicht, sich damit abzufinden, daß es dafür nun endgültig zu spät ist.«

ICH

Elke behauptet immer, daß sie mich besser kennt, als ich mich selbst, und wahrscheinlich stimmt das sogar. Manchmal, wenn ich stundenlang rumhänge, schlechte Laune habe und mich über mich selbst ärgere, weil ich mich zu nichts entschließen kann, sagt sie mir auf den Kopf zu: »Leg dich ins Bett! Du bist krank, das seh ich doch.« Und dann wird mir erst klar, daß ich den ganzen Tag schon leichte Kopfschmerzen habe und mir die Glieder weh tun, wenn ich mich aus dem Sessel hochquäle. Und wenn ich dann Fieber messe, habe ich prompt achtunddreißigzwei und kriege Schüttelfrost, während ich den Schlafanzug anziehe.

Als Kind hatte ich immer Schwierigkeiten damit, Traum und Wirklichkeit auseinanderzuhalten. Ich erinnere mich, daß ich einmal – da muß ich acht oder neun gewesen sein – vor der ganzen Klasse erzählte, hinter dem Haus meiner Großeltern in Gaddum seien lauter kleine schwarz und gelb gestreifte Flugzeuge gelandet. Ich hätte mit einem der Piloten gesprochen, der eine Ledermütze und eine Motorradbrille getragen habe, und zum Abschied habe der mir eine runde Blechschachtel mit Fliegerschokolade geschenkt, die in Cellophan eingepackt gewesen sei und süß und bitter geschmeckt habe. Noch heute fühle ich den Schrecken, der mich durchzuckte, als alle plötzlich loslachten und schrien: »Der spinnt doch! Jetzt spinnt er wieder!« Und als ich mich hilfesuchend nach der Lehrerin umdrehte, sah ich, daß auch sie lachte.

Ich könnte nicht allein leben, ich brauche den alltäglichen Umgang mit anderen Menschen, die Gespräche über dies und das, mit denen wir uns gegenseitig bestätigen, was wir wissen oder glauben oder glauben müssen, damit uns die Welt nicht entgleitet und wir am Ende wer weiß wo landen und wer weiß was tun, weil es im Grunde ja gar nicht so selbstverständlich ist, das Selbstverständliche, das Alltägliche. Manchmal am Samstagvormittag, wenn ich allein zu Hause bin und es überall ganz still ist, im Haus und draußen, packt mich eine leise Panik. Dann trete ich ans Fenster und schaue auf die Straße, und wenn auch dort niemand zu sehen ist, dann geh ich rüber zu Max und Rita, klingele bei ihnen, und beginne unter irgendeinem Vorwand ein Gespräch, nur damit ich dieses Gefühl verliere, daß die Welt vielleicht gar nicht wirklich existiert, daß alles nur ein Traum ist, den ich in einem vergessenen Winkel des Alls träume.

Letzten Sonntag bin ich früher als sonst aufgestanden und einfach durch die leeren Straßen gelaufen. Da kam mir auf einmal Herr Kiesler entgegen. Wir grüßten uns, er lächelte wie immer verschmitzt, und als er schon an mir vorüber war, blieb er plötzlich stehen und sagte in meinem Rücken: »Sie schläft.« Ich drehte mich um und sah ihn überrascht an. »Ja«, sagte er und nickte. »Wie ein Engel. Immer um diese Zeit.« Das war alles, dann ging er weiter, und erst, als er schon verschwunden war, wurde mir klar, daß er mir soeben ein Stück des Geheimnisses mitgeteilt hatte, das uns seit Jahren verbindet.

Morgen fahren wir in den Urlaub nach Südtirol, Elke und ich. Wir haben lange überlegt, ob wir Barbara anbieten sollen, mitzufahren, haben es dann aber doch nicht getan, weil Rita das allein niemals schaffen könnte, den Laden und die Kinder. Und außerdem meint Elke, daß das für Barbara jetzt das beste wäre, sich in die Arbeit zu vergraben. Draußen vor der Haustür steht der Wagen. Ich habe das Gepäck schon im Kofferraum verstaut, damit wir morgen in aller Frühe wegkommen, bevor auf der Autobahn der Sonntagsausflugsverkehr einsetzt. Vorhin sind wir noch kurz bei Max und Rita gewesen, um uns zu verabschieden. Rita wird nach der Post schauen und die Blumen versorgen, bis wir in drei Wochen wieder zurück sind.

Elke schläft längst, ihr ruhiger Atem füllt das Dunkel. Ich bin hellwach, als hätte ich spät noch Kaffee getrunken. Schon als Kind habe ich nicht einschlafen können, wenn anderntags eine Reise bevorstand. Nicht weil meine Phantasie sich an dem erhitzte, was mir bevorstand. Im Gegenteil, ich dachte daran, was ich zurücklassen würde, ging alle die Dinge und Personen durch, die hierbleiben würden, während ich verreiste, und die womöglich nicht mehr dieselben wären, wenn ich zurückkäme.

Ich denke an Manne, Maria, Karl, an Bernd denke ich und an Max und Rita und Barbara, an Alfred und Giulio und Fitek und Fräulein Riemann, die jetzt auch Fitek heißt, an Lindemann und an Herrn Kiesler und all die anderen, die zu unserer Welt gehören. Wer weiß, denke ich, wer noch alles verschwunden ist, wenn Elke und ich in drei Wochen zurückkommen, oder was sich sonst alles verändert haben wird. Es hängt ja irgendwie doch alles zusammen, das eine stützt das andere, und wenn einer fehlt, dann merkt man plötzlich wie zerbrechlich das alles ist.

Eigentlich kann man das gar nicht begreifen, wie das funktioniert, unser Leben hier in Vresen. Manchmal glaube ich, es ist eine Frage des Rhythmus, der ständigen vorsichtig variierten Wiederholung, mit der alles immer wieder von neuem bestätigt werden muß. Abend für Abend, Tag für Tag. Aber das kann auch eine Täuschung sein. Vielleicht ist alles im Grunde ganz einmalig, unwiederholbar, vielleicht wissen wir gar nicht, wer wir sind und was wir tun, und unser Leben ist gar nicht das, was wir gewöhnlich Leben nennen, sondern etwas ganz anderes, etwas ganz und gar Unbegreifliches.